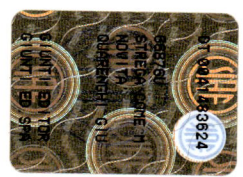

Progetto grafico di collana: Clara Battello

Testo: Giusi Quarenghi
Illustrazioni: Roberto Luciani
Impaginazione: Sansai Zappini
Redazione: Rossella Carrus

www.giunti.it

© 1995, 2016 Giunti Editore S.p.A.
Via Bolognese, 165 - 50139 Firenze - Italia
Piazza Virgilio, 4 - 20123 Milano - Italia
Prima edizione: aprile 1995

Stampato presso Nuovo Istituto Italiano d'Arti Grafiche – Bergamo

Giusi Quarenghi

Strega come me

Illustrazioni di Roberto Luciani

GIUNTI Junior

Cap. 1

CATERINA PRIMA

Sono venuta da sola, in treno. I miei mi hanno accompagnata alla stazione, e qui ho trovato il nonno a prendermi.

«Sono contento che tua madre ti abbia finalmente lasciata venire...»

Nonno caro, più che lei a lasciarmi, sono stata io a volerlo, sappilo. E vorrei tanto non pentirmene.

Questa casa è curiosa. Non capisco perché mia madre dica che è stregata. Io la trovo così rilassante. E il nonno è simpatico.

Ha sessantotto anni, ed è in forma perfetta. Si occupa dell'orto e del giardino, cucina, fa lunghe passeggiate, va a pescare, alleva api, tortore e colombi, e fa acquerelli. Ce n'è per tutta la casa.

Nel suo studio, che è la stanza più luminosa, ne ho notati di bellissimi. La serie delle stagioni, quella che ha intitolato Fanciulla in fiore *per la primavera*, Fanciulla in frutto *per l'estate*, Fanciulla in oro *per l'autunno*, mi fa impazzire.

Quando gli ho chiesto:

«E l'inverno, dov'è?».

«L'inverno non lo farò...» mi ha risposto lui adagio. «È già venuto... e si è preso la fanciulla delle mie stagioni».

«Chi, nonno?»

«La mia fanciulla...» ha insistito lui.

A quel punto ho avuto come una folgorazione:

«La tua fanciulla... Vuoi dire che questa è lei, "lei", "quella", quella che... insomma, la mia "nonnastra"!».

Il nonno è scoppiato di colpo e inaspettatamente a ridere.

«Come hai detto? Ridillo, su, ridillo!...»

«Nonnastra, la mia nonnastra!» ho ripetuto, ridendo a mia volta.

«Ah, quanto le sarebbe piaciuto sentirsi chiamare a questo modo... "Nonnastra", sì, le sarebbe proprio piaciuto da morire!» e non smetteva di ridere, e io pure, guardando lui.

«Sono contento che tua madre ti abbia finalmente lasciata venire qui».

"Qui" è la casa di campagna del nonno, dove lui si è ritirato da quando è in pensione (insegnava all'Accademia, disegno).

"Qui" è la casa dove mia madre, sua figlia, ha trascorso le estati da bambina e da ragazza, fino a quando ha deciso di non venirci più.

"Qui" è una casa dove io non ho mai messo piede, perché mia madre non ha mai voluto che ci venissi, con o senza di lei... «C'è un'aria irrespirabile laggiù, "quella" ha stregato ogni cosa!...»

"Quella" è la signora (ma mia madre non l'ha mai chiamata così) che è vissuta con mio nonno, la sua compagna, da quando mia madre aveva più o meno l'età che ho io adesso, quasi quattordici anni.

È una storia che ho saputo non molto tempo fa, un giorno che, dopo aver sentito una telefonata tra mia madre e sua madre, ho deciso di fare delle domande, alle quali mia madre ha risposto di malavoglia e piuttosto di malumore.

Smistando la biancheria sporca con una foga che non le avevo mai visto, mi ha comunque detto chiaramente, per la prima volta, che il nonno aveva lasciato la nonna quando lei (mia madre) aveva dodici anni e che dopo un po' si era messo con una "tizia". E lei l'aveva anche conosciuta perché lui così aveva voluto.

All'inizio lei era stata a guardare quello che i grandi facevano: le depressioni e le esaltazioni di sua madre, l'allegria un po' goffa di suo padre, l'aria un po' troppo gentile e spiritosa della "tizia". L'aveva sopportata, per amore di suo padre, ma non le si era mai affezionata, e poi sua madre aveva sofferto troppo a causa di "quella".

Due estati dopo, suo padre aveva insistito perché lei passasse qualche giorno con lui e "quella" nella casa di campagna, la casa delle vacanze: questa casa.

Non era successo nulla di terribile in quella settimana,

ma mia madre non si era comunque trovata bene e, alla fine, aveva comunicato al nonno che non avrebbe più rimesso piede in quella casa, mai più. E così era stato.

«E perché?» le chiesi io quel giorno.

«Perché era stregata!» mi rispose lei con una strana espressione negli occhi. «Dopo che "quella" ha messo piede laggiù e nella vita di mio padre, nulla è stato più uguale per me. Né in quella casa, né con mio padre. Ma io mi sono difesa, sai! Non ho assolutamente lasciato che "quella" mettesse piede anche nella mia di vita. E l'ho cantato chiaro anche al nonno: che se la tenesse, se lo rendeva tanto felice, ma che non si sognasse di impormela, e non gli venisse in mente di giocare alla famiglia aperta. Che lui e io avremmo continuato a vederci ma, per favore, soli. Tutto qui».

«Sarebbe come dire che ho una "nonnastra"...» buttai lì io, a mo' di battuta, dopo qualche secondo.

«Mettila pure così. Una "nonnastra" dalla quale sono sempre riuscita a tenerti alla larga, nonostante tuo nonno!»

«Magari a me sarebbe stata simpatica, la nonnastra...»

«Impossibile, te lo assicuro» tagliò corto mia madre.

«Non puoi decidere per me!» gridai, approfittando dell'occasione per ribadire un concetto che mi sta molto a cuore già da un po' e che voglio che lei si ficchi bene in testa.

«Per il tuo bene, e in questo caso, sì!» insistette lei, secca. «E adesso basta, per favore...» la sua voce si era addolcita però. «Sai che questo non è un argomento sereno per me».

Decisi di assecondarla anche perché, nel frattempo, avevo notato che il suo bucato stava rivelando una strana tonalità rossastra. Doveva averci infilato qualcosa di sbagliato, senza accorgersene, e il suo umore era veramente pessimo.

La "nonnastra" è morta l'inverno scorso. Non aveva neanche cinquant'anni. Era molto più giovane del nonno.

Nessuno di noi è andato al suo funerale, e io non so neppure il suo nome.

E adesso io sono "qui". È l'inizio di settembre e posso fermarmi fino alla riapertura della scuola, se mi va. Mia madre avrebbe voluto venire qui qualche giorno in luglio, quando in città era scoppiato il caldo torrido, ma il nonno non è stato d'accordo.

La mamma glielo ha chiesto una sera che lui era a cena da noi.

«No, tu ancora no! Casomai tua figlia» le ha risposto il nonno, e ha continuato girandosi verso di me: «Lei non ha cattivi ricordi. Con lei le cose possono ricominciare. La casa ha bisogno che la sua anima si quieti». Poi ha chiesto a me: «Caterina, che dici, ti andrebbe di passare qualche giorno in campagna con Diana, il mio cane, Schopenhauer, il mio gatto, e con me? So che ti piace disegnare, potrei insegnarti la tecnica dell'acquerello!».

«Non cercare di solleticarla!» si è intromessa mia madre. «Il punto è un altro».

«Sì, il punto è un altro» si è intromesso a quel punto mio padre. «E te lo dico io qual è: che è ora che Caterina sappia

9

d'avere un nonno, e lo conosca per quello che è, senza le storie tue,» e così dicendo, le ha preso affettuosamente una mano «e quelle ancora più assurde di tua madre, mia esimia e per altro stimatissima suocera...».

«Ho bisogno di pensarci» ha insistito mia madre.

«Avrai tempo per pensarci» l'ha tranquillizzata mio padre, che si è rivolto poi a me. «E tu Caterina, vuoi anche tu tempo o hai già un'idea di quello che farai?»

Ho guardato il nonno. Lui stava guardando mio padre con affettuosa gratitudine, poi mia madre con affettuosa preoccupazione e poi ha guardato me, in affettuosa attesa... Mi sono ritrovata a dire che sì, che avrei voluto provare... la casa, il nonno, l'acquerello...

«Sono contento che tua madre ti abbia finalmente lasciata venire...» stava dicendo il nonno. Poi mi ha chiesto di punto in bianco: «Ti piace leggere?».

«Direi di sì. Ma dipende da che cosa».

«Giusto. Prova a leggere questo, per favore...»

E mi sono ritrovata tra le mani un quaderno dalla copertina robusta e dai colori sbiaditi. A suo tempo, doveva essere stato lilla.

«Che cos'è?» mi sono informata.

«L'ho trovato un giorno, risistemando vecchie cose in solaio. È una cosa che faccio ogni tanto. Va' fuori a leggerlo. Guarda, è una giornata luminosa come poche. Sotto il nespolo starai benissimo. Stasera poi ne riparliamo, se ti va».

E così eccomi sotto il nespolo, nella luce chiara e con il quaderno sulle ginocchia. Con Diana che mi guarda protettiva e Schopenhauer che mi fissa tenendo la coda ritta, come per segnalarmi che sta avvenendo qualcosa di davvero speciale.
Decido di aprire il quaderno.
Trovo un titolo:

DIARIO DI UNA STREGA QUASI PER BENE
di Guia Esperia Ghimprannaqui

Chissà se è scritto proprio così, l'inchiostro è scolorito... e poi che nome strano!
Dietro la copertina c'è una frase:

Dedicato a me e a chi pensa che è più facile guarire
da una brutta polmonite che da una bella perbenite
e che essere solo "quasi" per bene
previene il gomito del tennista, il cavallo del ciclista,
il ginocchio della lavandaia, il menisco del calciatore,
la caviglia del podista e, soprattutto,
lo stinco del santo.

Sono d'accordo. Allora vuol dire che questo diario è dedicato un po' anche a me. È un invito a leggerlo.
Do uno sguardo d'addio al resto del mondo e incomincio.
A dopo.

DIARIO DI UNA STREGA QUASI PER BENE

di Guia Esperia Ghimprannaqui

DEDICATO A ME
E A CHI PENSA CHE È PIÙ FACILE GUARIRE
DA UNA BRUTTA POLMONITE
CHE DA UNA BELLA PERBENITE
E CHE ESSERE SOLO "QUASI" PER BENE
PREVIENE IL GOMITO DEL TENNISTA,
IL CAVALLO DEL CICLISTA,
IL GINOCCHIO DELLA LAVANDAIA,
IL MENISCO DEL CALCIATORE,
LA CAVIGLIA DEL PODISTA
E, SOPRATTUTTO,
LO STINCO DEL SANTO.

Cap. 2

SALUTI E BACI

Fine aprile

Andrò in quel collegio, ormai è certo.
La mamma ha deciso.
L'ho sentita dire a papà, c'era anche la nonna, che non posso restare qui e fermarmi a quello che mi ha insegnato la maestra con la gonna a quadrettini bianchi e neri e la spremuta di arancia scaldata a bagnomaria. E che quella scuola speciale è esattamente quello che ci vuole per me.
... Era o non era vero (parlava a voce alta, la mamma, piena di fervore, e la sentivo benissimo) che quando si perdeva qualcosa, lei (cioè io) riusciva sempre a ritrovarla prima di tutti? E che se era lei (sempre io) a far sparire qualche cosa, nessuno era in grado di farlo saltar fuori?
Era o non era vero che, fin da piccola, lei (ancora io) aveva una memoria eccezionale e poteva ricordare nomi, luoghi, date e un'infinità di dettagli, e che non si riusciva a farle dire neppure il suo nome se aveva deciso di tacerlo?
Era o non era vero che, ancora neonata, nelle notti di luna piena stava sveglia tranquilla tutta la notte, e piangeva disperata a ogni tramonto del sole?

Ed era vero o no che prendeva in mano come se niente fosse qualunque tipo di insetto, anche il più repellente, senza fare una piega e ci passava ore in misteriose conversazioni?

Ed era vero o no che sempre lei (sempre io) si era buttata dalla mansarda con in mano un ombrello aperto e non si era fatta nulla? Che con una semplice leccata si guariva tutte le sue piccole ferite, e che aveva galleggiato fin dalla prima volta che l'avevano messa in acqua?

E, ancora, era o non era vero che quando c'era la cioccolata liquida la metteva nella neve per farla indurire, e quando aveva una barra di cioccolato la teneva in mano finché non si scioglieva? Ed era vero o non era vero che aveva sempre mangiato, con gran meraviglia di tutti, ogni tipo di erba e verdura, bucce di mele, croste di formaggio, fegato cuore rognone lingua e cresta di ogni animale, e il latte con dentro spremuto il limone?...

«Se tutto questo è vero,» aveva concluso la mamma «come io so, e anche voi sapete, che è vero, allora vuol dire che lei è una creatura speciale, che ha bisogno di un'educazione speciale per una vita speciale. E io gliela darò, che voi siate d'accordo o no!!!».

Papà si è praticamente rassegnato, non prova neanche a contraddire la mamma quando lei è così, e forse è anche per questo che resistono bene insieme.

La nonna, invece, brontola.

Secondo lei è una stupidaggine fissarsi di mandare una bambina a una scuola tanto speciale, per farla diventare una strega, che poi non troverà neanche uno straccio di marito che se la prenda, quando quel che conta e basta è essere una brava padrona di casa, magari suonare un po' il pianoforte e, se proprio una è portata a lavorare fuori casa, fare la maestra, che per una donna è l'ideale...

Oppure fare come le mie cugine, è vero loro abitano in città e sono più comode, vi avevo avvertito però che questo posto sarebbe stato scomodo quando i figli fossero cresciuti, i gemellini sono ancora piccoli, lo so, ma questa deve prendere su e andare... e non come Marilisa (la mia cugina di quindici anni, quattro più di me) a una bella scuola utile come l'Istituto Superiore di Economia Domestica, che lei è una delle più brave e, già solo nel primo anno, ha imparato a fare le tartine millegusti, la polvere e l'orlo a giorno; o come Carola (l'altra cugina della mia stessa età) che andrà a una normale scuola media, vicina a casa, con una insegnante di lettere che ci tiene tanto e fa fare il latino già in prima, così farà meno fatica alle magistrali...

No, questa deve andare là, in un COLLEGIO DI STREGHE PER STREGHE...

E la nonna scuote ripetutamente la testa, ma lei e la mamma, sua figlia, non sono quasi mai dello stesso parere su niente.

Io non so cosa pensare.

Da una parte questo collegio mi affascina e mi incuriosisce...

Comunque non so neanche se sarò ammessa. Ci vogliono requisiti speciali, le domande sono tante e i posti limitati.

Inizio di maggio

Oggi con la mamma abbiamo compilato la domanda di ammissione.

Undici "SÌ" alle domande del primo gruppo.

La nonna, intanto, ha saputo che anche la nipote, a nome Elisabetta Elena Elettra, di una sua compagna di scuola, diventata contessa De Putiis per via di un gran matrimonio anche se non proprio felice, è entrata l'anno scorso al mio stesso collegio, e comincia a considerare con occhio meno malevolo la decisione della mamma. Che, da parte sua, ha commentato: «È stata ammessa solo per i suoi soldi, quella! Un'umiliazione che mia figlia non subirà mai!».

Quando parla così penso che mia madre sia una regina. Pare che le allieve molto ricche facciano molto comodo al collegio. I loro genitori cacciano contenti un sacco di soldi pur di poter dire che la figlia è stata ammessa o riconfermata. E meno requisiti uno ha tra quelli richiesti con le domande del primo gruppo, più la retta sale, e il collegio guadagna... La domanda di ammissione è partita. Le mie cugine, quando ci vediamo, mi trattano in modo diverso

COLLEGIUM ANGELICUM
Scuola di streghe per streghe

DOMANDA DI AMMISSIONE

NOME

COGNOME

INDIRIZZO

	SÌ ☐	NO ☐

L'aspirante educanda è nata la notte di Natale o di Ognissanti

Non ha paura dell'acqua e galleggia istintivamente

"Segna" le notti di luna piena con un comportamento particolare

Tende a volare, a cavallo di qualcosa o lanciandosi dall'alto

Mangia erbe e verdure di ogni tipo

Non teme nessun animale

È la settima figlia di una settima figlia

Se tocca il fuoco, non brucia

Ha il terzo capezzolo o una macchia particolare sulla pelle

Ama la notte

Sogna molto

Ha i capelli rossi

Ha un occhio di un colore e uno di un altro

Se non si hanno almeno 7 dei requisiti sopra elencati, passare a compilare la parte sottostante.

SÌ ☐   NO ☐

L'aspirante educanda ha almeno un castello a lei intestato

Erediterà il servizio di famiglia di posate d'argento per 72

Le è stato fatto un ritratto a olio con animale da un pittore di fama

Ha quote azionarie di compagnie petrolifere o multinazionali

Possiede miniere d'oro o di diamanti

Dispone di carte di credito senza limiti di credito

Riesce sempre a ottenere quello che vuole

Se non si danno almeno quattro risposte affermative a questo secondo gruppo di richieste, NON SPEDIRE alcuna domanda di ammissione.
Grazie

da quando sanno che abbiamo spedito la domanda e che, quindi, facciamo sul serio. Ho deciso di lasciarle perdere.

Papà, secondo me, segretamente spera che non mi accettino. La nonna, invece, adesso tifa per l'ammissione anche lei.

«Farà una faccia la De Putiis quando saprà che anche mia nipote...»

Prima metà di giugno

Papà ha detto che a undici anni compiuti e in vista di un probabile collegio, è ora di fare un viaggio io e lui, soli, senza continue soste per bibite e pipì e con interi pomeriggi ai parchi-gioco per reggere i gemellini.

La mamma è d'accordo. Se non fosse che i gemellini sono due pazzi scatenati, li lascerebbe alla nonna e verrebbe con noi, ma teme al ritorno di trovare smontata la casa, e anche la nonna.

L'idea di un viaggio da sola con papà mi emoziona molto. È la prima volta. Farò in modo che si diverta in mia compagnia e che sia fiero di me. Io e lui stiamo bene insieme, soprattutto quando non c'è la mamma. Lui non parla molto, e mi ascolta moltissimo. Con la mamma è diverso. Lei chiede, racconta, adora parlare e sentir parlare, è un fiume travolgente. È bello, ma a volte mi piace tacere. E con papà possiamo tacere insieme. Non so ancora la meta. Certo non mi salverò né da qualcosa di artistico, né da qualcosa di antico. Per lui è impensabile un viaggio senza incontri di questo genere.

Seconda metà di giugno

Siamo tornati. È stato proprio un viaggio da grandi. E mi è piaciuto tanto.

Papà mi ha insegnato a guardare e a vedere i particolari. Non dimenticherò mai il cielo visto dalla basilica di San Galgano, senza tetto, e col prato per pavimento! Andare in giro con papà è stato molto bello. Quando aveva il cappello, quasi tutte le signore, e anche le ragazze, lo guardavano. Io camminavo a testa alta, con la schiena diritta, proprio come mi dice sempre la mamma, e gli prendevo la mano. Che vedessero bene che era con me... e mi invidiassero un po'...

A casa mi aspettava la risposta del collegio.
AMMESSA.

La mamma e la nonna, anche se per motivi diversi, ne sono felici. Papà ha letto la lettera in silenzio e non ha detto nulla. I gemellini quando litighiamo vogliono che vada, e quando gioco con loro sperano che io resti.

Le mie compagne e le mie cugine per adesso mi invidiano, visto che la mia scuola comincia ben due settimane più tardi della loro. Il collegio, infatti, segue un calendario tutto suo.

CORREDO

3 camicie da notte lunghe fino ai piedi
Babbucce da notte
Scaldamuscoli
12 mutande in puro cotone, alte in vita
3 canottiere a spalla larga
3 magliette cotone mezza manica, bianche
3 maglie pura lana vergine, manica lunga
12 fazzolettini e 12 fazzoletti da raffreddore
12 calzini, calzettoni e calzemaglia
3 tute
Accappatoio, vestaglia da camera
Salviette e salviettine
Stivali di gomma/scarpe vernice nera
Ciabatte da camera/scarpe ginnastica e ballo
Stivaletti neri a punta con fibbia
Cerata nera con cappuccio, scialle a frange lunghe
Guanti di pizzo lunghi, corti e mezze dita
Cappello nero a punta, tese larghe
Maschera di pelle con rughe, bitorzoli, peli e naso adunco
Scopa di saggina con trattamento antighiaccio e parafulmine
Spazzolino denti, spazzola capelli, spazzole scarpe e vestiti
Pettine denti fitti e sottili, pettine denti grossi e radi
Clessidra

Con l'ammissione è anche arrivato l'elenco del corredo, con l'indicazione di cucire su ogni indumento un contrassegno, da scegliere e comunicare rapidamente per non avere doppioni. Tema per i contrassegni: il serpente.

Io ho scelto un serpente che ha ingoiato un elefante. L'ho trovato qualche mese fa su un libro che la mamma tiene vicino al letto, e che mi ha sempre incuriosito. Qualcuno che non si intende di serpenti e di elefanti, potrebbe scambiarlo per un cappello... Bene, così mi servirà per capire se "là" capiscono.

Spediamo il contrassegno scelto e, praticamente con gli aghi infilati, aspettiamo la risposta per cominciare a cucire.

Ma arriva a breve giro una lettera per comunicarmi che devo cambiare contrassegno: SERPENTI, NON CAPPELLI!

Devo ammettere che questa lettera fa tremare dalle fondamenta quello che la mamma ha costruito dentro di me a proposito del collegio.

Che cosa mai avranno da insegnarmi in un posto dove confondono un serpente che ha appena iniziato a digerire un elefante con un cappello? Decido di insistere, e di rispedire il mio contrassegno: o lo accettano o rinuncerò al mio posto.

Non facciamo neppure in tempo a imbucare la lettera che ne arriva un'altra dal collegio dove dicono che c'è stato un equivoco, che quel giorno la commissione per i contrassegni non era al completo, che si scusano molto, che il mio contrassegno va benissimo e, anzi, è molto originale... Ho la sensazione di un posto dove c'è qualcuno che capisce e qualcuno che non capisce, di un posto normale, insomma, nonostante tutta quell'aria di eccezionalità.

Comunque me ne renderò conto di persona.

Mese di settembre

Mi godo le mie ultime settimane di libertà, ma ho anche voglia che arrivi il momento della partenza. Preparativi e saluti mi stanno un po' stufando. Devo salutare nonni, zie e zii, prozie e prozii, cugini primi e cugini secondi, amici e conoscenti, come se partissi per chissà dove e per chissà quanto... Già, per dove e per quanto?

Mese di ottobre

Meno un giorno. Domani metterò il sigillo alla mia camera: nessuno deve entrarci durante la mia assenza. I peluche faranno la guardia.

Saluto i miei peluche, mi viene da piangere e non vorrei più partire.

Mentre chiudo la porta della mia stanza per l'ultima volta, penso che anche morire sarà così... come chiudere la porta su qualcosa di carissimo e andarsene.

ADDIO...

Autunno

Nella stagione
della luce d'oro
delle foglie morte
e della lepre che scappa

Mese del chissamai, secondo giorno

È fatta, sono qui.

Mi ha accolto la direttrice, la strega madre... Pensavo che le streghe fossero tutte magrissime, alte o basse, ma magrissime, con le caviglie sottili e la voce acuta. Lei invece è una culona gigantesca, ha la voce bassa e spessa e le caviglie che sembrano cipolle, come quelle delle gambe dei tavoli vecchi.

Ma la cosa più strana è la faccia. La mamma ha detto che una strega ha la faccia che vuole avere, ma come si può volerne una così, mi chiedo io. Quando parla, il naso le sale in mezzo agli occhi, la bocca slitta al posto delle orecchie, un occhio le scivola su una guancia mentre l'altro le risale sulla fronte, e i denti vagano per la faccia senza mai coincidere con la bocca. Ascoltarla e guardarla è un incubo, e anche uno spasso.

È la prima sera, ma non ho sonno... e ho nostalgia di casa. Quando ci siamo salutate, la mamma mi ha detto:

«Ricordati che una strega non piange».

«Ma io non so se sono una strega».

«Sei qui per diventarlo».

«Ma non so se mi piacerà».

«Non puoi incominciare piangendo, comunque...»

Ma non aveva la sua solita voce. E papà taceva più silenziosamente del solito.

Terzo giorno

Qui si dorme con la camicia, perché le streghe, grandi e piccole, dormono con la camicia, e lunga fino ai piedi. Ma dormire con la camicia per me è come dormire nuda. Mi si arrotola sotto le ascelle e se ne sta lì per tutta la notte.

«Una vera strega deve saper dormire con la camicia che non le si arrotola sotto le ascelle e se ne sta lì tutta la notte!» ha detto la strega assistente.

Chissà se imparerò mai... Eppure la stendo bene fino ai piedi, mentre mi allungo nel letto!

I dormitori sono cameroni lunghissimi. Il mio ha quattro file, due lungo le pareti e due centrali accostate per la testiera, di tredici letti ognuna.

Ai quattro angoli, nascosti da tende viola, ci sono i letti delle streghe assistenti: Donatilla, Leonilla, Petronilla e Camomilla. Il letto della strega Camomilla non è molto distante dal mio... spero mi aiuti a dormire almeno questa notte. Ho sentito dire delle cose molto strane sulle notti, qui...

Quinta mattina

Adesso so che cosa rende strane le notti.

Dormivo e stavo sognando: una bambina nuda camminava nell'acqua e poi veniva il sole e la pelle della bambina si dorava e poi anche l'acqua diventava d'oro... e poi mi sono svegliata, anzi, sono stata svegliata.

29

A mezzanotte qui suona la sveglia generale! Tutte le notti. Perché a mezzanotte in punto una strega deve essere sempre sveglia, e svegliarsi spontaneamente. Questa della sveglia obbligata è una tecnica per abituarci. Il tipo di sveglia cambia ogni notte: urli, fischi, tamburi, vetri rotti, tuoni, ululati, lavagnette, versi, barriti, squittii, grida, tonfi, scoppi, cori, parole, soffi e sussurri. E pensare che la mamma dice che si possono solo baciare i bambini che dormono...

I primi tempi la sveglia è rumorosa e a volume altissimo, poi, col passare delle settimane, diminuisce, diminuisce, diminuisce, fino a diventare un suono basso, bassissimo, quasi impercettibile. L'anno scorso, la notte della prova, come sveglia hanno usato una piuma che scendeva dal soffitto!

Bisogna svegliarsi immediatamente, uscire dal letto senza fare il minimo rumore... "una vera strega non è mai rumorosa e di notte si muove come se facesse parte della notte stessa"... e, in piedi vicino al letto, aspettare che passi la strega assistente a farci una domanda. Dopo avere risposto alla domanda, si può tornare a letto a dormire. Stanotte siamo state svegliate dalle percussioni di una batteria, e la domanda è stata: «Che animale vorresti essere».

Ho scelto l'elefante, quello non mangiato dal serpente.

Domande e risposte vengono trascritte nel Libro della Notte, inchiostro nero su carta viola. E, a fine anno, servono per la valutazione generale.

Dimenticavo: chi non si sveglia si becca una brocca di acqua gelata in piena faccia.

Settima ricreazione

Ci si alza sempre all'alba, l'ora cambia con le stagioni... "Una strega non può assolutamente perdere l'alba! Il tempo della mezzanotte, del tramonto e dell'alba sono importantissimi per una strega!" Se almeno fosse verso le dieci del mattino, quest'alba maledetta!

La strega Camomilla tenta di farmi coraggio spiegandomi che è l'uccello più mattiniero che prende il verme. Certo, se quel cucù di un verme è anche lui mattiniero, ma se se ne rimanesse a dormire...

Appena sveglie si fa la doccia, una doccia fredda e profumata all'acqua di fresie e mughetto.

«Una strega deve sempre essere in forma perfetta, con la pelle liscia e profumata, come un petalo profumato» dice la strega Camomilla. Io guardo la sua faccia tanto rugosa che sembra piena di crepe, lei se ne accorge: «Solo dopo i centoventuno anni ti diventerà la pelle come la mia, prima un petalo vellutato, ricordati...».

Poi, a una a una, ci spazzola i capelli:

«Lunghi o corti, ma una strega ha sempre una massa enorme di capelli, e li deve spazzolare sera e mattina, sera e mattina, forti e lucenti come la seta devono essere...».

E io guardo la sua testa pelata e lucida come un uovo

sodo appena sbucciato: «Solo dopo i centoventuno anni ti cadranno, ma prima una cascata di seta, ricordati...».

Forse è un po' rimbambita la strega Camomilla, ma mi è molto simpatica.

Ce n'è una invece che non mi piace per niente, si chiama Donatilla. Ha la pelle di ricotta, le palpebre a buccia di cetriolo, i baffi, non ride ma sogghigna, ha sempre il singhiozzo e si mangia le parole quando parla. La sua specialità sono le lavagnette con le regole, e ci sorveglia come fosse un cane ringhioso. È una con l'anima a rovescio, direbbe la nonna. Chissà che tipo di strega è. Una da non diventare, io dico.

Dopo la doccia, ci si veste, si rifà il letto con la caduta del copriletto ad angolo retto perfetto e si scende per colazione.

Al centro di ogni tavolo del refettorio ci sono tanti barattolini, con ogni tipo di aromi e spezie: sale, pepe, aglio, peperoncino, curry, cannella, maggiorana, cumino, menta, timo, basilico, origano, salvia, prezzemolo, erba cipollina, dragoncello, crescione, zenzero, senape, rafano... Si prende ora un pizzico di quello, ora un pizzico di questo, si mette in bocca e giù, per imparare a riconoscere tutti i sapori al naturale.

C'è chi s'è portato dei sapori extra da casa. Quella zecca d'oro dell'Elisabetta Elena Elettra, per esempio, ha un bottiglino tutto personale, "Tartufo liofilizzato sotto vuoto" recita l'etichetta. Lei ne è gelosissima. Secondo me, si portano da casa questi sapori speciali per darsi importanza e nient'altro. Più d'una ce l'ha.

A tavola, mi sono accorta che Elisabetta Elena Elettra mi guardava, quando pensava che io invece non me ne accorgessi, e poi ridacchiava con le sue compari. Per essere bella è bella, ma deve essere simpatica come una passata di grattugia sulla guancia! Quando ci siamo alzate, mi si è avvicinata:

«Tu sei la nipote dell'amica della contessa, vero?».

Alla mia faccia stranita, ha precisato ironica:

«La contessa è mia nonna, pensavo lo sapessi!... Vedo che non ti sei portata niente da casa come sapore per il cibo... Magari qualche volta ti farò assaggiare il mio tartufo, i miei non mi lasciano mai senza...».

«Oh grazie, ma non c'è alcun bisogno che te ne privi. La mamma mi sta preparando una salamoia con code di scorpione, estratto di rospo e spremuta di sabbia. È una ricetta di famiglia, molto speciale, te ne regalerò un vasetto!» ho fatto la generosa.

Mi ha guardato orripilata e se ne è andata. Obiettivo raggiunto.

Quindicesimo pomeriggio

Oggi la strega madre ci ha tenuto la lezione di benvenuto. Titolo: Chi è una strega.

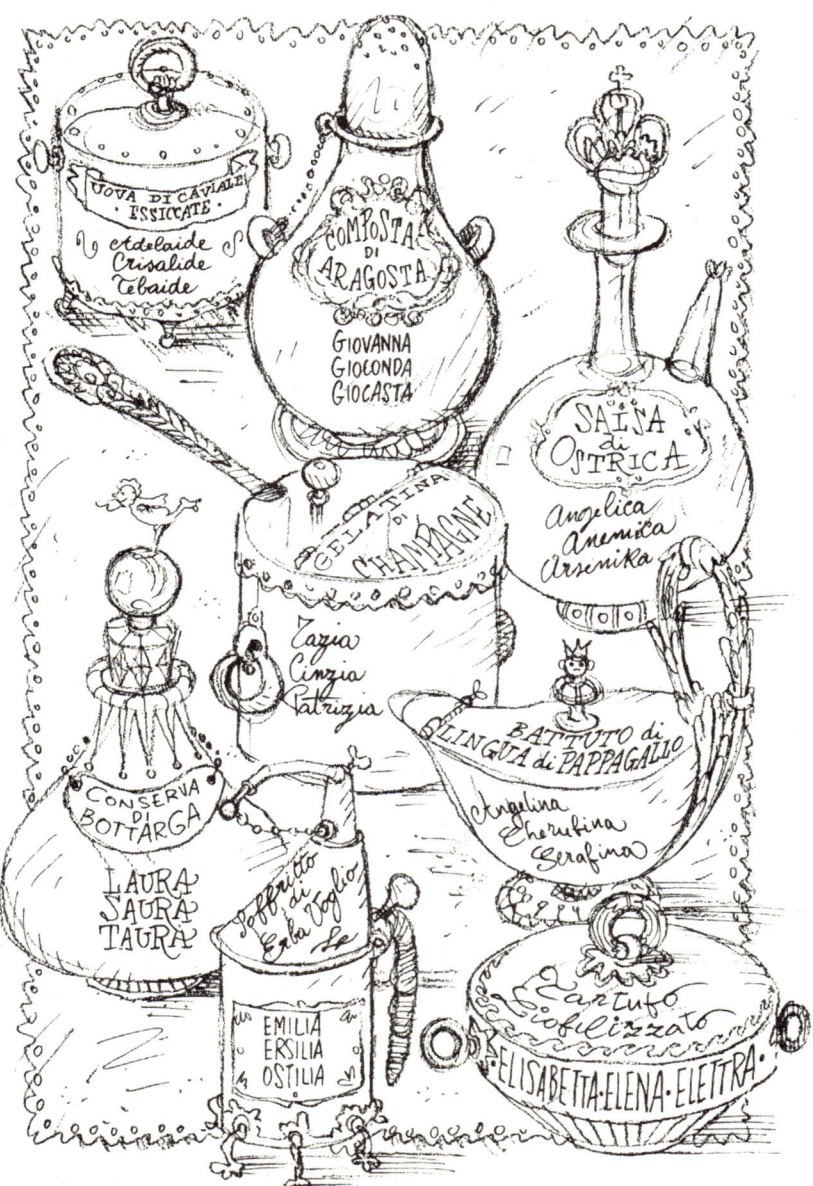

Ho capito che "strega" è una che non fa quasi mai quello che gli altri si aspettano, perciò stupisce e indispettisce, e la gente si meraviglia, si scandalizza e ha paura.

«Forse avrete sentito dire che le streghe mangiano i bambini» ha dichiarato con la sua faccia tutta sottosopra. «È una sciocchezza, sappiatelo. Una strega per bene, e voi siete qui per diventare streghe assolutamente per bene, non mangia i bambini, li fa spaventare, questo sì, e, soprattutto, li trasforma. La qual cosa può anche essere una vera fortuna per i bambini, anche se loro di solito non lo capiscono, e tantomeno i loro genitori...»

«Ma streghe si nasce o si diventa?» ho chiesto io a un certo punto.

«Un po' si nasce e un po' si diventa» ha risposto lei. «È perché un po' streghe ci siete nate che siete state scelte fra tante per diventarlo fino in fondo, in questo collegio, col nostro aiuto. Streghe già perfettamente streghe ne nascono ormai pochissime. Qualche superstrega ogni tanto ci prova a generare un'altra strega, ma è un tipo di magia molto, molto difficile, personale e segretissima. L'unica che si conosca, e che quindi ormai è irripetibile, è quella che formulò, secoli e secoli fa, la strega Corcodil, una delle streghe più antiche e potenti. Per avere Ghil, la strega sua figlia, prese un'ombra di luna, la forma della pioggia, il sapore della neve, il tepore di un bacio, una parola antica, una di una lingua morta e una che ancora non era mai stata pronunciata, una scoreggia di formica e una di balena, trinciato di sicomoro e polline di belladonna, tre manciate di schiuma di mare, tre sbuffi di vulcano e tre lacrime vegetali, un sogno forte, una domanda senza risposta e una risposta per infinite domande, un lampo, un tuono, un'eclissi totale e un "NO" urlato per tre giorni e per tre notti. Ne bevve tredici sorsi all'alba, al tramonto e a mezzanotte per tredici volte e, tra un temporale e un arcobaleno, le sprizzò fuori dalla testa una streghina con già tredici denti...»

Pare dunque che le streghe possano nascere in tanti modi, da un'esplosione e da una risata, da un vulcano in eruzione, da una sorgente, da un uovo e da una ciambella col buco... Molte però nascono da una donna e da un uomo, come i bambini normali.

Io so che sono nata perché la mamma e il papà hanno fatto l'amore. Mi sembra un bel modo per nascere. Forse farò anch'io così.

Prima però voglio che la mamma mi insegni a fare i bignè con la crema e poi chissà, magari, un giorno, riuscirò anche a fare i bambini con la crema...

Dopo la lezione di benvenuto, pranzo di benvenuto. Meno male che il benvenuto ce lo danno una volta sola! Vorrà dire che con questi manicaretti non correrò certo il rischio di ingrassare...

MENÙ DEL GIORNO DI BENVENUTO

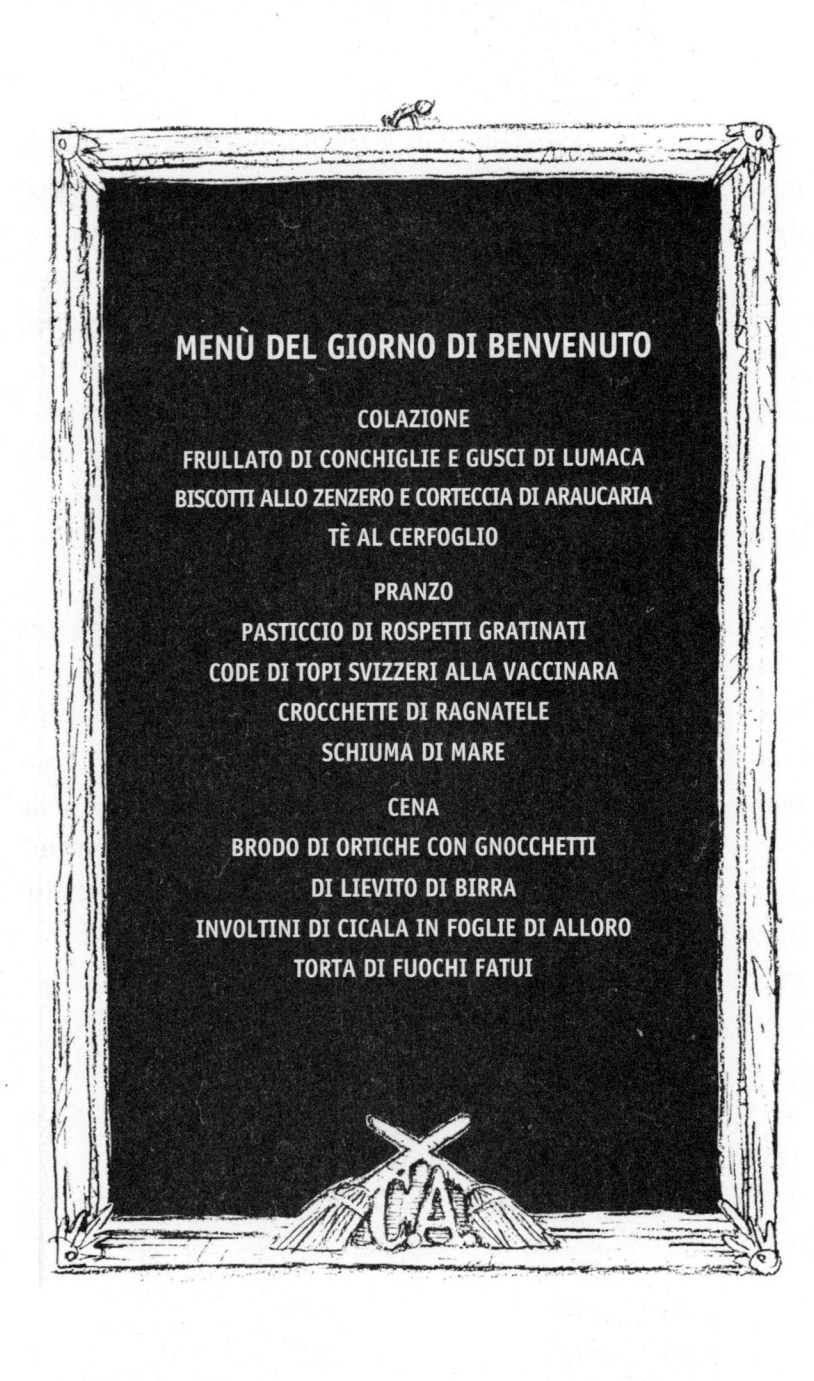

COLAZIONE
FRULLATO DI CONCHIGLIE E GUSCI DI LUMACA
BISCOTTI ALLO ZENZERO E CORTECCIA DI ARAUCARIA
TÈ AL CERFOGLIO

PRANZO
PASTICCIO DI ROSPETTI GRATINATI
CODE DI TOPI SVIZZERI ALLA VACCINARA
CROCCHETTE DI RAGNATELE
SCHIUMA DI MARE

CENA
BRODO DI ORTICHE CON GNOCCHETTI
DI LIEVITO DI BIRRA
INVOLTINI DI CICALA IN FOGLIE DI ALLORO
TORTA DI FUOCHI FATUI

Ah, cosa darei per un piatto di tagliolini al pomodoro e basilico come quelli che fanno a casa mia! Se mai diventerò una strega, cucinerò comunque come la mia mamma!

Diciassettesimo tramonto

Formazione dei gruppi. Tredici gruppi di tredici educande ognuno. Io sono in quello delle "Chimere".

Scrivo a casa, e scopro che le lettere vanno consegnate aperte. Incredibile! E con quale diritto? Mi tengo la lettera e non la consegno, per ora.

Ventunesima sera

La nonna dice spesso che il mondo è bello perché è vario e, aggiunge, "avariato". Anche il mondo delle streghe deve essere così. Belle, magre, la pelle un petalo di velluto, i capelli una cascata di seta… e la strega madre, allora? E quelle che ho visto oggi, in un solitario giro di perlustrazione? Sono arrivata fino all'orto e lì ho visto quattro streghe che non avrei mai pensato potessero esistere. Una tanto alta, ma tanto alta che per grattarsi la testa deve inginocchiarsi. Una tanto piccola, ma tanto piccola, che per sputare in terra deve salire su un muretto. Una tanto leggera, ma tanto leggera, che può camminare sui cesti di ribes appena colto senza schiacciare neppure un chicco. E una tanto grassa, ma tanto grassa che per grembiule da lavoro deve usare un lenzuolo in senso orizzontale.

Ma non gliene importa niente, mi ha detto, perché le basta tagliarsi i capelli, le unghie e i peli dei nei, pulirsi le orecchie, soffiarsi il naso, fare pipì e pupù, lavarsi i denti e farsi una bella doccia, che ritorna in un attimo al suo peso forma. E perché non se lo mantiene il suo peso forma, le ho chiesto? Perché le piace troppo perdere un quintale in pochi minuti con una dieta istantanea. Che tipa questa strega Fisarmonica!

Ventiduesimo giorno e tre quarti

Si chiama Dorotea. E lei è come il suo nome, bella e un po' strana. Cammina come se non avesse bisogno di appoggiarsi interamente alla terra, e sembra vedere solo quello che la interessa. Vorrei interessarle. È una del terzo anno, ma non guarda noi "piccole" dall'alto in basso, come fanno le altre, persino quelle antipatiche del gruppo dell'Elisabetta E. E. che sono solo al secondo anno. Forse è perché lei non ci vede neppure; ha l'aria di non vedere neanche le streghe assistenti, e mi sembra che loro la lascino piuttosto in pace.

Vorrei... Devo smettere. La strega Donatilla sta urlando che sprechiamo troppo tempo con i nostri diari e che presto ce li requisirà tutti.

CI PROVI! Io quella non la sopporto proprio, mi è antipatica e incomincio a pensare che sia una cretina, capace di creare fastidi così, tanto per il gusto di farlo.

Papà dice che sono i tipi di cretini più pericolosi. E se un giorno davvero mi prendesse il diario, e lo leggesse? Bene, vorrei aprisse proprio questa pagina, anzi, ci lascerò un bel segno apposta, CAPITOOOO???

Adesso devo smettere per forza e andare a scrivere il mio nome sulla bacheca "RIMETTENDOCI SI IMPARA". Questa delle bacheche punitive è un'invenzione recente di quella stronza della Tilla (ormai la chiamo così). Le piazza ovunque, con delle sbrodolate in rima, che lei, solo lei, definisce "educative":

«Perché più facilmente possiate ricordare
e la poesia impariate ad amare...»

Oh Tilla, va' a cagare! (Ritornello, si può ripetere anche più volte.)

Ventiquattresimo dopopranzo

Primo laboratorio di trasformazione.

Non mi ero mai resa conto di quante cose si possono trasformare in qualcosa d'altro. Chi ci tiene questo laboratorio è la strega Vera, e mi sembra una tipa in gamba.

Ha incominciato facendoci osservare le trasformazioni che avvengono proprio sotto i nostri occhi e che non osserviamo come si meritano: l'acqua che diventa ghiaccio, il fuoco che trasforma tutto in cenere, il bruco che si trasforma in farfalla, il fiore in frutto, la farina in pane, il cibo in cacca... E la gallina? Che cos'è se non il modo in cui un

RIMETTENDOCI SI IMPARA

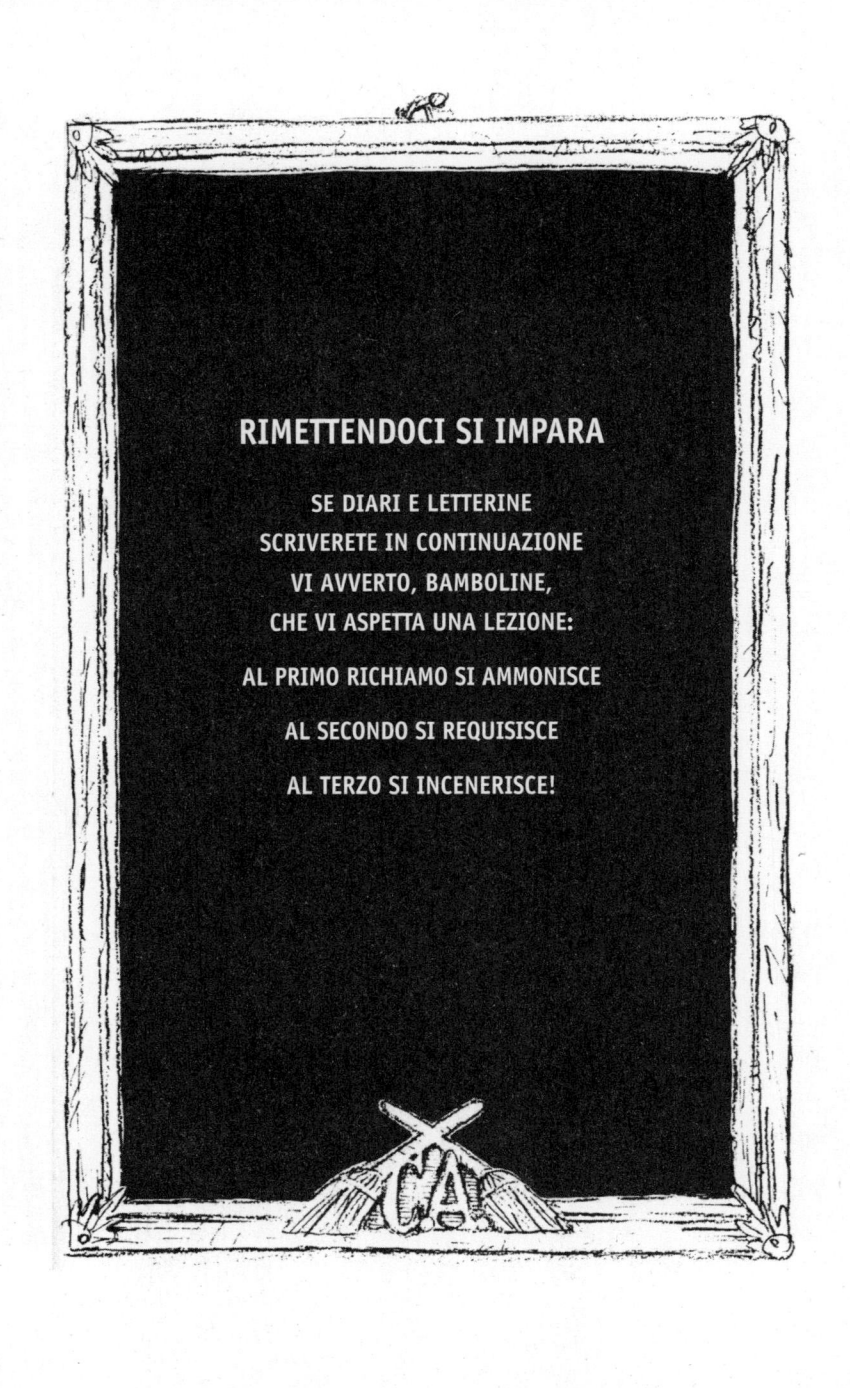

SE DIARI E LETTERINE
SCRIVERETE IN CONTINUAZIONE
VI AVVERTO, BAMBOLINE,
CHE VI ASPETTA UNA LEZIONE:

AL PRIMO RICHIAMO SI AMMONISCE

AL SECONDO SI REQUISISCE

AL TERZO SI INCENERISCE!

REGOLE DEI LABORATORI DI TRASFORMAZIONE

SOTTRAI PER AGGIUNGERE
AGGIUNGI PER SOTTRARRE
MOLTIPLICA PER DIVIDERE
DIVIDI PER MOLTIPLICARE
CONSERVA PER PERDERE
PERDI PER CONSERVARE
PRENDI PER LASCIARE
LASCIA PER TENERE
SPEZZA PER RIUNIRE
UNISCI PER SPEZZARE
NASCONDI PER SVELARE
SVELA PER NASCONDERE
CERCA PER TROVARE
TROVA PER CERCARE DI NUOVO

uovo si trasforma in un altro uovo?!? Non è facile da capire la strega Vera, ma è così bello quello che dice e come lo dice che, ascoltandola, mi sembra persino di essere più intelligente.

Venticinquesima mattina

Ieri, le grandi giocavano a pallavolo in cortile. Dorotea ha perso la palla, io mi sono precipitata a prendergliela.

«Perché tutta questa fretta?» mi ha chiesto, sorridendo.

«Volevo farti un favore...»

«Grazie, ma senza tanta fretta...»

E se ne è andata con la sua palla, dopo avermi guardata negli occhi.

È strana, sì, è proprio strana.

Trentesimo dopopranzo

Lenticchie in salsa di lucertola, crocchette di zampe di gallina e budino di muschio: un vero schifo. Ho vomitato tutto.

«Pulisci subito e bene, e ringrazia il cielo che non te lo faccio rimangiare!» ha gridato la Tilla. «Avrai questo menù finché non imparerai ad apprezzarlo. Bisogna abituarsi a mangiare di tutto, non si sa mai nella vita. E un giorno mi ringrazierai!...»

«Preferisco abituarmi a digiunare, piuttosto!» ho ribattuto.

«Eh no, cara! La regola è: rinunciare a quel che piace, abituarsi a quel che dispiace... Quindi quello che c'è nel piatto si mangia e senza fare tanto la prepotente!» ha insistito lei, spezzando la frase con ventisette singhiozzi.

«Non mangerò schifezze!» ho ribadito.

«Bene, vedo che per capire hai bisogno di una mano. Te la darò! Per incominciare va' a scrivere il tuo nome e il menù di oggi nella bacheca "VOMITANDO SI IMPARA", poi finiscila di usare quel tono, e pensa a quanto tua madre sarebbe contenta di te se ti sentisse in questo momento...»

Vorrei che la mamma sentisse anche lei!

Io la detesto.

Primo giorno del mese del quantunque

Oggi la strega madre ci ha fatto lezione di galateo. Ha detto che una strega per bene è sempre molto educata, cioè sa sempre come comportarsi in ogni occasione, è molto attenta a ogni suo gesto e non fa mai niente a caso. Per esempio sa usare perfettamente ogni tipo di posate, mani comprese.

Non sputa mai in giro, ma solo nell'occhio di quelli che vuole togliersi di torno o accecare, e solo dopo aver preso bene la mira. Non si lascia mai scappare le puzze, a meno che non voglia disintegrare qualcuno o allontanarlo a tutta velocità. Non fa mai rutti, e tantomeno rumorosi, se proprio non ha urgente bisogno di svegliare un vulcano o di far sprofondare qualcuno o qualcosa sotto la crosta terrestre.

VOMITANDO SI IMPARA

L'APPETITO VIEN MANGIANDO
L'ABITUDINE SVILUPPA IL GUSTO
E CHI PENSA CHE VOMITANDO
EVITERÀ IL GRAN DISGUSTO
SI PREPARI A RIMANGIARE OGNI GIORNO
SEMPRE QUEL PIATTO E QUEL CONTORNO

TULLIA	TECLA
TORTINO	SALTIMBOCCA
DI SANGUE	DI COSCE DI ROSPO
DI PIPISTRELLO	AL DENTE
E UOVA DI RANA	E BUDINO
	DI SERPENTE

ELISABETTA E. E.
PENNE DI TORDO
AI 4 FORMAGGI

GUIA ESPERIA
Lenticchie in
salsa di lucertola
Crocch

Per scapperarsi il naso, usa con eleganza una zampina di lucertola imbalsamata. Non si mangia le unghie e non lascia in giro quelle tagliate. Non si gratta qua e là in pubblico a meno che non voglia trasformare i presenti in scimmie che si grattano. Non sceglie mai per sé la parte e il posto migliore, preferisce stare in piedi, rispetta le code e non le calpesta e, se ha fretta, si alza in volo e se ne va. Non fa versi a meno che non debba infrangere vetri e cristalli e far franare le montagne. Non fa mai dispetti stupidi, ma solo intelligenti... E a questo punto, la faccia le è scivolata di colpo sullo stomaco e ha smesso di parlare.

Mi ha fatto un po' impressione, ma comincio ad abituarmi.

Terza mattina di questo mese

Sveglia notturna con suono di corno. Sentito. Domanda: «Vorresti essere fatta di aria, di terra, di acqua o di fuoco?».

«Mi piacerebbe essere fatta di latte».

La risposta non è stata valida. E allora ho detto tutto: aria, acqua, terra e fuoco insieme. Anche questo non vale. Devo scegliere un solo elemento. E allora acqua, acqua... Ma che pignoleria!

Quinto pomeriggio e un quarto

Stamattina lezione di laboratorio nel bosco. Ognuna in giro per proprio conto a osservare con attenzione. Al ritorno, ognuna racconta.

Io ho incontrato una cerva con le ramose corna cariche di frutta, anche se siamo in inverno.

«Saranno pere» ha detto la strega Vera. «Ce n'è un tipo che matura in inverno».

«La primavera scorsa,» s'è ricordata Dorotea «io ho incontrato una cerva con le ramose corna cariche di fiori bianchi, proprio come quelli del pero».

Adesso è tutto più chiaro.

Undicesimo intervallo

Devo risolvere la faccenda delle lettere. Non sopporto questo controllo. Ci consegnano aperte anche le lettere che riceviamo. Con che diritto leggono prima di me una lettera indirizzata a me? Continuo a non consegnare le lettere che scrivo!

Tredicesimo pomeriggio e un po'

Oggi in sartoria, dalla strega Benilde, a provare la divisa. Gonna a pieghe scozzese, camicetta bianca col colletto rotondo, golfino blu, calze blu, mantello blu e casco blu, per quando si esce.

Nei giorni feriali, usiamo il grembiule: viola, allacciato dietro, con l'arricciatura alta davanti e due tasche. Prendiamo le misure per il colletto, bianco, da togliere e mettere, perché si cambia due volte alla settimana, e il grembiule solo ogni quindici giorni.

Quindicesimo dopopranzo
Giornata di visita.
Verranno a trovarmi tutti, anche la nonna e i gemellini. Mi chiedo se finiranno in collegio anche loro...
Ma se le femmine diventano streghe, i maschi cosa diventano? "Streghi"? o Stregoni? Mi chiaMANOOOOO!!!

Papà mi ha trovata un po' dimagrita. La mamma ha detto che devo abituarmi a mangiare "tutto quello che passa il convento". Le racconto che cos'è, qui, "tutto quello che passa il convento", del vomito e della punizione.

«Resisti e consolati, ogni tanto...» mi ha consigliato, mentre dalla borsa toglieva un pacco con la ciambella alle uvette, i biscotti ai semi di finocchio, la marmellata di mirtilli, il miele di acacia, il cioccolato, le banane e le arance.

Il solo pensiero di queste squisitezze mi mette di buon umore! Le terrò nella mia scatola, per i momenti peggiori. Quando la aprirò, sarà come tornare a casa per un attimo, tra gli odori della mia cucina e i gesti della mia mamma.

Tutte hanno una scatola, contraddistinta dal proprio contrassegno. Solo Elisabetta E. E. e le tipe come lei ci rinunciano. In cambio di quegli stupidi bottiglini dagli aromi pregiati (perché non si può tenere l'uno e l'altro: bisogna scegliere).

In parlatorio, la nonna ha visto la sua amica De Putiis, ha voluto presentarmi e conoscere a sua volta Elisabetta E. E.

«Che magnifica nipote, cara!» si sono dette l'una all'altra e, rivolte a noi: «Sarete già amiche, care, vero? Le amicizie di collegio sono veramente imperiture...».

Elisabetta E. E. sorrideva come una cretina di nobile stirpe e aristocratica educazione, io ho arrischiato un: «Siamo così diverse...».

«Oh, cara, la condizione migliore perché un'amicizia sia autentica e duratura!...»

Troppi "cara" mi insospettiscono e mi danno il prurito, e così ho incominciato a grattarmi freneticamente.

Loro mi guardavano allibite... finché non si sono messe a grattarsi anche loro, anche se con molta classe.

«Dobbiamo andare, care!» ha cinguettato la contessa.

Intanto la strega madre stava passando a salutare i parenti, e io ho dovuto portar fuori i gemellini perché la guardavano e continuavano a fare smorfie su smorfie...

Accidenti, mi ricordo ora che mi sono dimenticata di parlare della faccenda delle lettere!

Diciottesima alba

Stanotte sveglia con un coro di rane e la domanda:
«Di che colore vorresti essere?».
«Color arcobaleno».

Poi non sono più riuscita a dormire. Ne ho approfittato per fare un piano per le lettere.

Sera dello stesso giorno
Piano in azione. Ho preparato una lettera per casa. Ho scritto una serie di cretinate e alla fine ho aggiunto: "Non vi scriverò spesso perché non ho molte cose da dirvi in presenza d'altri, visto che questa lettera indirizzata a voi viene letta dalla strega assistente prima di essere spedita. Baci, la vostra aff.ma...".

Ho infilato la lettera nella busta e l'ho messa sulla cattedra. La Tilla ha subito controllato se era aperta. Io l'ho solo guardata e sono tornata al mio banco.

Pensavo desse fuori con una delle sue solite bacheche e, invece, mi ha fatto chiamare dalla strega madre.

Questa, appena sono entrata, mi ha mostrato la mia lettera e, con quella sua faccia improbabile, mi ha chiesto:

«Perché hai scritto questo a casa?».

«Perché è vero!»

«Come fai a esserne sicura? Esigere che una lettera venga consegnata aperta, non vuole necessariamente dire che sarà letta».

«Questa però l'avete letta!»

«Solo perché è la prima che spedisci, da quando sei qui».

«Non mi va di consegnare le lettere aperte!»

«D'accordo, ma ti assicuro che non sempre vengono lette!»

Strano, la sua faccia non era quasi più mobile...

«Non importa se non sempre» ho insistito. «Può succedere

e a me non va. Non consegnerò lettere e non me ne farò spedire, finché sarà così!»

«Come vuoi tu!» ha concluso lei con una faccia praticamente normale.

Sono convinta che se mi avesse detto quelle stesse cose con le orecchie attaccate al naso e un occhio in mezzo al mento, mi avrebbe inquietata di meno.

Comunque NOOO, non sono io che voglio così, io voglio ricevere lettere e scriverne, piene di cose importanti e sciocche ma che per me sono importantissime. Piuttosto che me le legga qualcuno che non c'entra, però, ne farò a meno, proverò a farne a meno!

Diciannovesimo spuntar di luna

Passato di rape con zampe di grillo tostate, spiedini di squame in salsa acida, pasticcio di coleotteri alla fiamma e boeri con ragnetti sotto spirito. Mi è venuto di nuovo il voltastomaco. Ma, questa volta, non ho vomitato. Ho preso i boeri e li ho fatti volare contro il soffitto. Le altre si sono messe a ridere, e poi hanno incominciato a farlo anche loro, tutte, anche le milorde del gruppo dell'Elisabetta E. E.

Il soffitto faceva un certo effetto con tutte quelle cacchine spiaccicate e gocciolanti! Ma siamo state subito gelate dalla Tilla che diceva con quella sua voce singhiozzante che pare faccia la corsa a ostacoli con le parole:

«Bene, bene, bene... Ma guarda che bella idea! E chi l'ha

avuta? Vorrei proprio congratularmi con lei, avanti... o ho a che fare con una del genere vigliaccachenascondelamanodopoavertiratoilboero?».

Nessuno sembrava guardare verso di me, forse potevo aspettare ancora un po', ma prima o poi mi sarebbe toccato. In fin dei conti quella biscia col singulto aveva ragione... M'era piaciuto farlo? Sì! E allora perché tirarmi indietro adesso?

Ho spostato la sedia di scatto per alzarmi, ma ho sentito un'altra sedia muoversi contemporaneamente alla mia: Dorotea era in piedi anche lei, con me. A questo punto tutte le ragazze del gruppo delle Sirene (quello di Dorotea) e del gruppo delle Chimere (il mio) si sono alzate in piedi. E via via anche le ragazze degli altri gruppi. Tutte, anche le milorde.

«Ma brave, complimenti!» ha sibilato la Tilla. «Se è stata un'idea comune avrò il piacere di congratularmi con tutte, dedicandovi la bacheca speciale "LECCANDO SI IMPARA"!»

E, mentre lei declamava, noi ci siamo ritrovate trasformate in lingue intente a leccare il soffitto.

«E starete lì finché tutto sarà pulito alla perfezione, e poi dovrete ringraziare per l'eccezionale scorpacciata di boeri!»

Così è stato, e quando ci ha ritrasformate in ragazze, ha preteso un grazie in coro. Vorrei che il grazie le fosse

LECCANDO SI IMPARA

CHI IMBRATTERÀ INSUDICIERÀ SCONCERÀ
GLI SPAZI USATI DALLA COMUNITÀ
QUALUNQUE SIA LA SOZZERIA
LA DOVRÀ LECCARE VIA
COSÌ HA VOLUTO
E COSÌ SIA
CHI LECCA LO SCHIFO
SI BECCA IL TIFO
LINGUA AVVISATA
LINGUA SALVATA

arrivato su quella faccia disgustosamente soddisfatta come una cacca di cormorano! Ma che m'importa di quella cretina? Quello che conta è che Dorotea si è alzata con me, e anche le altre!

Stasera Dorotea mi ha ringraziato.
«Sono io che voglio ringraziare te» le ho detto.
«No, è stato un bel gioco, e l'hai incominciato tu!» ha insistito lei.
«Sarebbe bello giocare anche più spesso».
«Sì, ma non farti illusioni, ci siamo trovate tutte d'accordo perché la Tilla (ormai la chiamiamo tutte così) è antipatica a tutte, e tutte hanno qualcosa da farle pagare. Ma avere in comune un'antipatia, o un nemico, non vuol dire essere amici...»
«Vorrei avere più di questo in comune, almeno con te» ho osato dirle.
«Non avere fretta, succederà, vedrai...»
Succederà... E se dipendesse anche da noi, per succedere? Io fretta un pochino ce l'ho. Intanto penso che parlerò con lei, e forse anche con le altre, delle lettere. Non è possibile che a loro vada bene così.

Ventunesima sera, stesso mese
Laboratorio di trasformazione. Ho chiesto alla strega Vera di spiegarci come ha fatto la strega Donatilla a trasformarci

in lingue leccanti il soffitto. Lei ci ha spiegato che ogni strega ha un suo manuale segreto e personale con appuntate le formule per diversi tipi di magia. Ogni strega conosce a memoria il Grande Libro dei Sortilegi (lo stiamo studiando anche noi) che raccoglie tutto quello che una strega deve necessariamente sapere, e cioè tutti i sortilegi che fanno parte della storia della stregoneria e del mondo. Ma una strega per essere veramente una strega deve anche saper inventare formule nuove per sortilegi nuovi, a misura dei desideri, suoi e degli altri. E di questo tiene nota dentro di sé e in un suo taccuino segreto. Ma è un percorso solitario e personale...

«Non è sapere come ha fatto la strega Donatilla a trasformarvi in lingue sul soffitto che vi deve tanto importare» ha detto con un tono di voce molto accalorato. «Perché la magia non si copia. Si può solo INVENTARE! E per inventare magia occorre conoscere e conoscersi, concentrarsi intensamente su come si vuole essere e su come si vorrebbe fosse il mondo. Solo così vengono desideri profondi. E avere desideri profondi è condizione fondamentale per diventare una vera strega. All'inizio i desideri sono tanti, si prova con ogni tipo di sortilegio, poi c'è chi decide di specializzarsi e di diventare una strega di un certo carattere, e chi invece preferisce vivere tutte le possibilità del suo essere strega, ed essere insieme buona e perfida, allegra e cupa, tenera e dura, appassionata e gelida, solare e

DALL'INDICE DEL GRANDE LIBRO DEI SORTILEGI

* come suscitare nebbie piogge e grandini
* come gettare e come togliere il malocchio
* come volare e far volare
* come leggere fondi di tè e di caffè
* come agitare il mare e la terra
* come attraversare l'acqua senza bagnarsi
  e il fuoco senza bruciarsi
* come ingannare la vista degli uomini
* come trasformarsi in animale e ritornare essere umano
* come ammalare e come guarire
* come inaridire la terra, gli animali, gli uomini e le donne
* come asciugare il latte di donne, mucche, capre, asine,
  balene, pecore, formiche, galline, noci di cocco...
* come far venire il mal d'amore e come farlo passare
* come mutare tempi e luoghi
* come avvelenare pettini, nastri, corsetti, mele...
* come rendere un anello capace di trasformare
  tutto in cacca

... nel mio personale io vorrei riuscire a mettere

* come trasformare la Tilla in un fico d'India
  con le spine in dentro
* come trasformare i noiosi in strisce pedonali
* come capire il linguaggio degli animali
  e delle piante
* come andarmene da qui

notturna, intensa e leggera... Una cosa è comunque certa: una strega non sta a caso nel mondo, pensando che tanto il mondo va dove e come pare a lui. NO! Una strega scopre il mondo e lo inventa, e il mondo non è più lo stesso dopo che una strega è passata. Il mondo non deve essere più lo stesso dopo che ognuna di voi è passata, mi capite?»

Aveva le lacrime agli occhi, e una voce che non dimenticherò mai. Mi fa impazzire quando ci parla così. La bacerei!

Ventiquattresimo calar di sole

Penso al nome del nostro gruppo.

Mi piace.

È il nome di un tipo di mostri, quei mostri favolosi inventati unendo parti di animali diversi, corpo di leone e coda di serpente, muso di leone e ali d'aquila. Ma chimera è anche un modo per dire sogni, i sogni più stravaganti e irrealizzabili. Me l'ha spiegato Dorotea.

Lei è una "Sirena". In un certo senso anche le sirene sono chimere: metà pesce e metà donna, metà d'acqua e metà di terra.

Ma "chimere" si nasce o si diventa? E io che tipo di chimera sono? E quali sono le mie parti? E se toccasse a me sceglierle... metà aquilone e metà elefante, metà balena e metà lucciola, metà gazzella e metà leonessa...

Elisabetta E. E. è nel gruppo delle "Sfingi".

Sarebbe stata meglio in quello delle "Tacchine Reali"!

Inverno

Nella stagione
della luce bianca
dei rami neri
e dell'orso che sogna

Venticinquesimo pomeriggio d'ombra

Ho deciso di affrontare con le altre la faccenda delle lettere.

Tutte, in realtà, preferirebbero spedire e ricevere lettere chiuse. Anche Elisabetta E. E. e le sue *blue bell*... Forse non sono del tutto cretine!

Siamo arrivate a una decisione comune: stasera ognuna scriverà una lettera e la consegnerà chiusa, sigillata. Saliva, colla e scotch!

Sera

«Che storia è questa?» ha urlato la Tilla, agitando in aria le lettere appena consegnate, e con la faccia paonazza. «Chi vi ha autorizzato?»

«Ci siamo autorizzate da noi» ha risposto subito Dorotea, prendendo (incredibile!) la parola. «Come voi vi siete autorizzate a leggere le nostre lettere!»

«Ma guarda, Sua Maestà ha deciso di intervenire personalmente! Si vede che la cosa è davvero grave! Ma ci penserò io a farti perdere quell'aria da regina, vedrai!» l'ha minacciata la Tilla con un singulto a ogni vocale e la voce a bava di lumaca.

Dorotea non l'ha degnata nemmeno di un bah, ma non ha distolto il suo sguardo e l'altra, sempre più infuriata e con le parole che rotolavano disordinatamente l'una sull'altra, ha continuato: «Chi sono i superiori qui? Chi deve educare

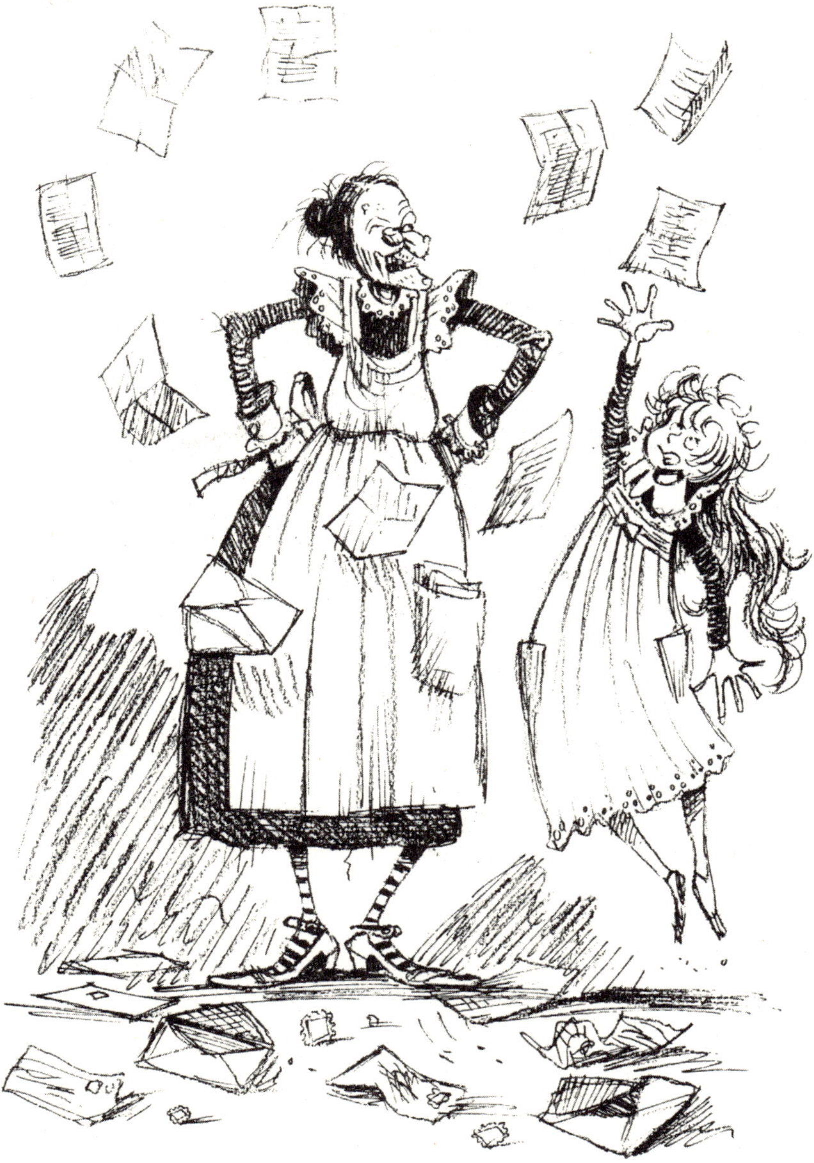

e chi deve essere educato? Chi controllare e chi essere controllato? Se pensate di poter alzare la cresta come e quando vi pare, vi consiglio di non provarci mai con me! Altro che future streghe, non siete che stupide galline, pollastre idiote, vermi informi, lombrichi striscianti, luridi stercorari, e tali rimarrete! Vi faccio vedere io quanto e come dovrete strisciare prima di poter anche solo pensare di volare!».

Poi ha preso tutte le lettere, le ha girate dalla parte della chiusura, ha borbottato guardandole qualcosa di incomprensibile, e quelle a una a una si sono scollate, aperte, i fogli sono usciti dalla busta e si sono dispiegati nell'aria.

«A chi credete di sfuggire» continuava a provocarci intanto la Tilla, leggendo qua e là, con tono di derisione, frasi da ogni lettera che le passava davanti agli occhi. «Senti, senti... "Non mi piace come si mangia"... "Il letto è duro"... "La doccia è sempre troppo fredda"... "Mi mancano tanto il mio Bumbi e il bacio della buonanotte"... Oh le tenere cocchine, le stupide poppanti...»

Ma perché, mi chiedo io? Che gusto ci prova? Come vorrei essere una strega capace di neutralizzare quella cretina dalle parole monche!

Le lettere intanto volteggiavano per l'aula. A un certo punto ho riconosciuto la mia, l'ho presa al volo e me la sono messa in tasca. Tutte hanno fatto lo stesso, mentre la Tilla blaterava:

«So io quel che ci vorrebbe per voi! L'unica bacheca che otterrebbe qualcosa sarebbe quella intitolata "PRENDENDOLE SI IMPARA"!».

Quando più nessuna lettera vagava nell'aria... «Tutte dalla strega madre!» ho gridato, precipitandomi fuori dall'aula.

Ero convinta di essere all'inizio di una bella sommossa. Ma la strega madre aveva già pronta l'acqua da gettare sul nostro fuoco... Ci ha praticamente detto che queste sono le regole, da sempre. Che una comunità si regge proprio su delle regole immutabili, che sono la sua forza e la sua garanzia di durata, proprio perché immutabili.

«Forse il mondo di fuori cambia, ma qui dentro nulla cambia, care. Le streghe sono da sempre uguali a se stesse, e le loro regole pure!»

Così ci ha liquidato. E anche questa volta, la sua faccia prima si è immobilizzata e poi è diventata normale: solo a ripensarci sento un brivido lungo la schiena. Questa faccia della strega madre è sicuramente segno di qualcosa, ma di che cosa? Non capisco. E cosa vuol dire che le streghe non cambiano? E io dovrei diventare una strega così? Una che sottostà a delle regole solo perché così è sempre stato? O una come la Tilla che usa i suoi poteri solo per umiliare chi sente diverso e più debole di lei? Io non voglio, non voglio diventare una che ha bisogno di usare dei trucchi per dimostrare di essere qualcuno. Non è questo che io penso sia una strega. E non è per diventare così che la mamma mi ha messa qui!

PRENDENDOLE SI IMPARA

A CHI È IMPERTINENTE
E NON UBBIDISCE PER NIENTE
QUATTRO SBERLE BEN ASSESTATE
E DUE SONORE SCULACCIATE

«D'altra parte le regole sono le regole!» ha sentenziato quell'imbalsamata dell'Elisabetta E. E. «Lo dice sempre anche la contessa...»

«Certo, e non cambiano mai, come le cretine!» l'ho zittita io.

Primo giorno del mese del tuttavia

La buriana dell'altro giorno è sbollita rapidamente. La maggior parte sembra solo preoccupata di dimostrare che non voleva, certo non fino a quel punto! Un episodio successo solo per colpa di poche esaltate. Una sono io, e resisto.

Siamo in studio, non riesco a concentrarmi. C'è un gatto, da qualche parte, che piange. La Tilla sta dicendo che gli daranno degli avanzi della cucina e smetterà. Figurarsi! Infatti, il tempo passa e lui non smette.

«E se non piangesse solo per fame?» insinuo.

«Sciocchezze» risponde la Tilla. «È solo un gatto!»

«Un gatto non è mai solo un gatto» interviene Dorotea. «Soprattutto quando piange a quel modo...»

«Lo sa solo Belzebù quel che avete voi due in quelle teste» taglia la Tilla, scuotendo la sua, dove ormai io so benissimo che cosa c'è.

Dorotea mi guarda e scoppia a ridere...

Penso sia per la smorfia che stavo facendo, ne faccio un'altra... Mi piace da matti vederla ridere, farei qualunque cosa per...

Ma finiamo sbattute fuori dalla classe tutte e due. Appena fuori, riscoppiamo a ridere.

«Come fai a fare quelle facce?» mi chiede Dorotea.

«Non lo so, mi vengono».

«Insegnami!»

«Che ne so... Prima, per esempio, immaginavo di avere davanti la Tilla con il cranio straripante di merda...»

«Dai, tira lo sciacquone!» fa lei, allegra e schifata.

«Se questo è l'effetto che vi fa essere in punizione,» ci ha raggiunto la voce di "faccia di cesso"«rientrate immediatamente».

«Veramente, io avrei bisogno di andare in bagno» ho provato.

«Niente affatto» mi son sentita rispondere. «Va' piuttosto a scrivere il tuo nome sulla bacheca "TENENDOLA SI IMPARA"!»

Ho abbozzato, ma l'effetto-cacca si è ripetuto e l'ha completamente sommersa!

Seconda alba, tuttavia

Ho avuto una notte piena di sogni, e belli.

Non li ricordo, ma mi sembra di sentirne ancora il sapore. Non mi sono neppure svegliata alla sveglia della mezzanotte (corsa di topo sul pavimento) e mi sono ritrovata bagnata fradicia nel letto. La Tilla gongolava, ma io ho fatto finta di niente e così non le ho dato la soddisfazione

TENENDOLA SI IMPARA

IL CORPO VA SOGGIOGATO
IL BISOGNO VA DOMATO
LO SFINTERE VA CONTROLLATO
PER L'ARMONIA DI TUTTO IL CREATO
CI SONO ORE PRESTABILITE
PER QUESTO GENERE DI USCITE
NON SI FARÀ MAI UN'ECCEZIONE
COSÌ IMPARERETE A TRATTENERE LA MINZIONE
ABILITÀ SQUISITAMENTE FEMMINILE
MOLTO PER BENE E ASSAI CIVILE

di vedermi a disagio. Neppure i topinambur della duchessa e i ricci di castagna caramellati hanno rovinato il mio sapore di sogni, e neppure il compito di oggi pomeriggio: "Parlo di me". E a chi poi? E perché? Detesto questi titoli cretini e indagatori, detesto parlare di me così, tanto per esercitarmi a esprimermi, a trovare sempre qualcosa da dire. E perché un'insegnante deve aver diritto alla mia fiducia e alla mia confidenza, semplicemente perché lei è l'insegnante, e io invece, la sua di fiducia, devo dimostrare di meritarmela?

Io parlo di me solo con chi stimo e mi stima. E devo sentirlo da me, questo. Non mi può essere imposto! Ma c'è un'altra cosa che mi preoccupa ancora di più: la faccia della strega madre. All'inizio sempre tutta strana e sghimbescia, e adesso così spesso normale. E quando è così dice cose che contraddicono quello che dice con la faccia mutante.

Dorotea sostiene che è perché la Tilla sta cercando di tirarla dalla sua parte. Secondo lei, le streghe del collegio sono divise in due schieramenti: le "falche", capeggiate dalla Tilla, e le "colombe", che si riconoscono nella strega Vera, ma lei non fa da capa a nessuno. La strega madre è stata eletta da tutti e due i gruppi ma, adesso, le falche vorrebbero tirarla completamente dalla loro parte. Può essere, ma cosa c'entra la faccia mutante e no con questa storia? Dorotea questo non lo sa e dice anche che preferisce non interessarsene a fondo.

Nono scender di tenebra, appena iniziato

Sono andata a trovare la strega Vera nel suo laboratorio. Io ero un po' emozionata, lei non sembrava stupita di vedermi. Non so, con lei mi sento come quando vado nel bosco vicino a casa... Nel mio bosco mi muovo come voglio, senza paura, ma anche con molta cautela, perché un bosco è sempre un posto misterioso.

Non posso dire di conoscerlo perfettamente il bosco, però lo capisco, questo sì. Ed è bello quando capita di capirsi senza conoscersi ancora. Così secondo me si comincia e si diventa amici veri. Ecco, io sento che la strega Vera mi capisce anche senza conoscermi ancora, e che non ha bisogno di sapere tutto di me per capirmi, anche se mi ascolta volentieri e io parlerei volentieri di tutto con lei. Sto bene quando sono con lei, sento che non devo difendermi da nulla.

Le ho parlato anche delle lettere, di come non sopporto la Tilla e della faccia della strega madre. Non era sorpresa di quello che le dicevo, ma mi ha solo detto di pensare che tutto è utile perché io trovi la mia strada e trovi me stessa, quello che voglio e come mi voglio. E che le situazioni pesanti e faticose mettono a dura prova, ma aiutano a capire e schiariscono le idee, a volte, più di una perfetta armonia.

Le ho anche chiesto come fa lei a vivere qui, e se non litiga mai con nessuno. Mi ha risposto che si può vivere

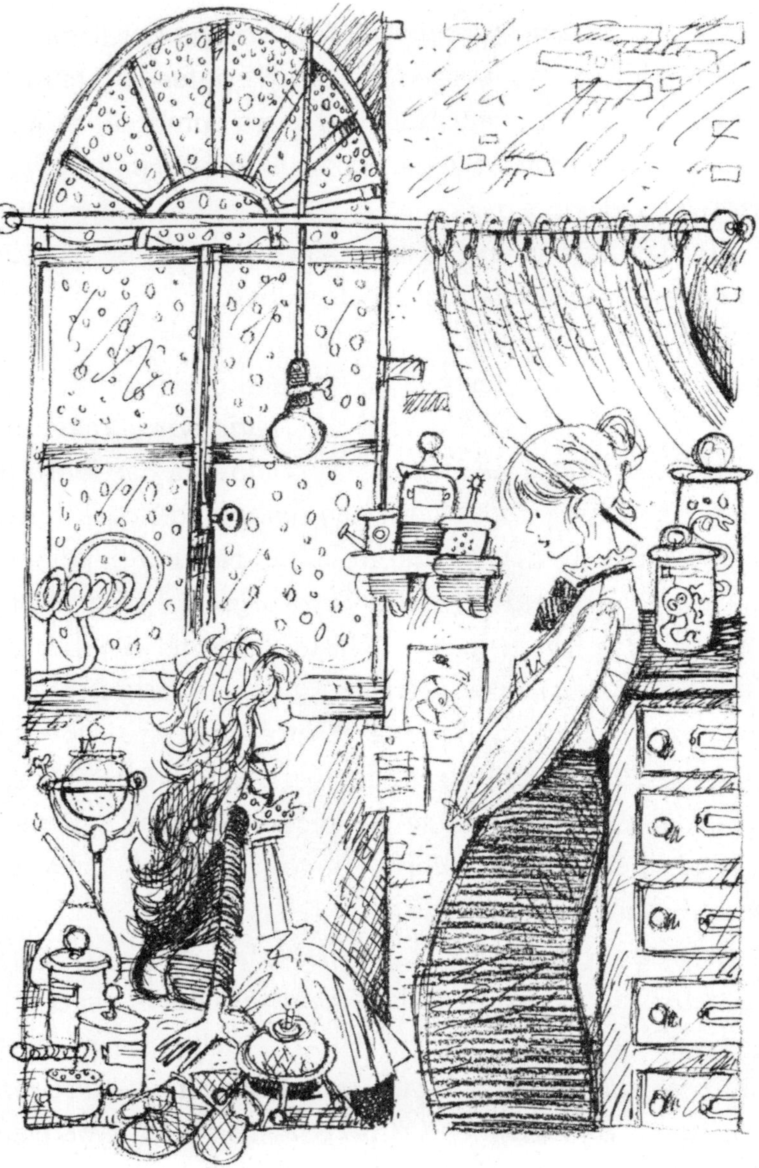

ovunque, che quando era giovane pensava che fosse necessario trovarsi bene in un posto per poterci vivere, ma da un po' di tempo non ne è più tanto convinta. E che il litigio è solo il modo, più vistoso ma non il più efficace, per esprimere disaccordo.

Giusto, molto giusto. Ma non ha risposto in modo chiaro e distinto a nessuna delle mie domande.

Perché?

Decimo spuntar di sole

Per sveglia il singhiozzo di un grillo. Ma con Dorotea ci siamo ormai organizzate per la sveglia di mezzanotte. Visto che dormiamo nella corsia centrale con le testiere dei letti vicine, abbiamo pensato di legarci i polsi con un filo appena le luci sono spente. A mezzanotte, quella che si sveglia per prima dà uno strattone all'altra. Questa notte mi sono svegliata io, ho un orecchio speciale per il singhiozzo dei grilli... Un sacco di volte, a casa, sono uscita di notte per mettere un cucchiaino con qualche goccia di limone e un po' di zucchero il più vicino possibile a un grillo col singhiozzo!

Domanda della notte: «Che cosa ti fa veramente paura, un rumore improvviso o un silenzio perfetto?».

Non lo so, tutti e due e nessuno. Quello che mi fa veramente paura è correre correre correre una corsa senza senso, come se scappassi ma senza sapere da che cosa, e dovessi arrivare da qualche parte, ma senza sapere dove e perché.

E poi non capire abbastanza mi fa veramente paura, e sentirmi non pensata da qualcuno che amo...

Dorotea ha paura quando non riesce a leggere figure e storie nelle nuvole, quando gli animali piangono e gli alberi muoiono.

Le voglio bene, e vorrei che il filo della notte diventasse invisibile e ci legasse anche di giorno... le darei ogni tanto qualche leggero strattone per trasformare in una carezza il gesto che ha di percorrersi il sopracciglio sinistro con un dito.

Continuo a non spedire le lettere a casa. La Tilla tenta di convincermi, insinuando che a casa mia saranno preoccupati. E farebbero bene. Ma a casa mia non ci si preoccupa mai troppo di niente. Se non scrivo ci sarà un motivo, se un motivo c'è sarà logico, e se è logico va accettato. Questa è la filosofia di casa mia. Ma io adesso avrei bisogno che un po' si preoccupassero.

«Dovresti scrivere anche solo per far sapere i tuoi buoni voti» sbava melliflua la Tilla.

Ma guarda! In realtà, io le lettere le scrivo, solo non le spedisco.

Dodicesimo postpranzo

Siamo andate nel bosco con la strega Vera. Prima di lasciarci al nostro vagabondaggio, ci ha raccomandato di trattare bene tutte le cerve che incontriamo, perché ci sono amiche e hanno nutrito e riscaldato, nel corso dei secoli, parecchie ragazze costrette a cercar rifugio nei boschi per sfuggire a chi voleva fare loro del male. Di dire alla volpe che i cacciatori ballano sempre di giovedì. Di ricordarci che ogni animale che incontriamo può essere stato, o può diventare, altro... probabilmente è sotto l'effetto di un sortilegio; possiamo consolarlo ma non prenderlo in giro. E se incontriamo una lupa che scappa, va aiutata... potrebbe essere una donna, stanca della sua casa e della sua vita che, una notte, di secoli fa o di adesso, si è trasformata in lupa per poter correre libera nella foresta, almeno la notte. Se un cacciatore la colpisse, se la ferisse a una zampa, la lupa al mattino ritornerebbe a essere donna ma con la mano ferita... il suo segreto verrebbe scoperto e lei sarebbe punita.

«Il mondo non ha posto per le streghe, ma ne ha un bisogno tremendo» ha concluso la strega Vera.

Nel mio giro nel bosco, io ho incontrato un piccolo riccio che, con la marmellata di lamponi in un fagottino, andava a bere il tè dal suo amico orsetto... e si era perduto inseguendo il sogno di un cavallo bianco. L'ho rimesso sulla strada giusta e gli ho detto che se diventerò una vera strega lo aiuterò a trovare il cavallo bianco, e forse potrò addirittura trasformare lui in un cavallo bianco, se lo vorrà... basterà che mi chiami.

«Anche tu chiamami» mi ha detto lui. «Quando avrai bisogno di un ago appuntito...»

Sedicesimo inizio di pomeriggio

A tavola mi è scivolata la brocca dell'acqua, piena. Ho allagato il pavimento. Proprio in quel momento è passata la Tilla (di turno in refettorio perché la strega Leonilla ha l'influenza) ed è scivolata. Sembrava una scena delle comiche del cinema muto e io non ho potuto fare a meno di ridere. Lei mi ha visto e, seduta nell'acqua, ha urlato a spizzichi e bocconi, minacciandomi col dito:

«Un giorno o l'altro ti farò passare io la voglia di essere così impertinente!».

«Ma non l'ho fatto apposta!» ho protestato.

«Apposta o non apposta, l'hai fatto, e per di più ridi! Ti meriti proprio una bella lezione: per cominciare va' a scrivere il tuo nome sulla bacheca...»

Ma si è improvvisamente interrotta, e l'ho vista schizzare via ululando con le mani sulle chiappe.

Io ho solo pensato per un attimo al piccolo riccio di ieri... Grazie, amico!

Diciottesimo inizio di giornata nebbiosa

La Tilla è a letto. Pare abbia un bel bubbone sul sedere. Vorrei le durasse fino a quando dico io anche se, purtroppo, è degnamente sostituita. Di streghe venute male

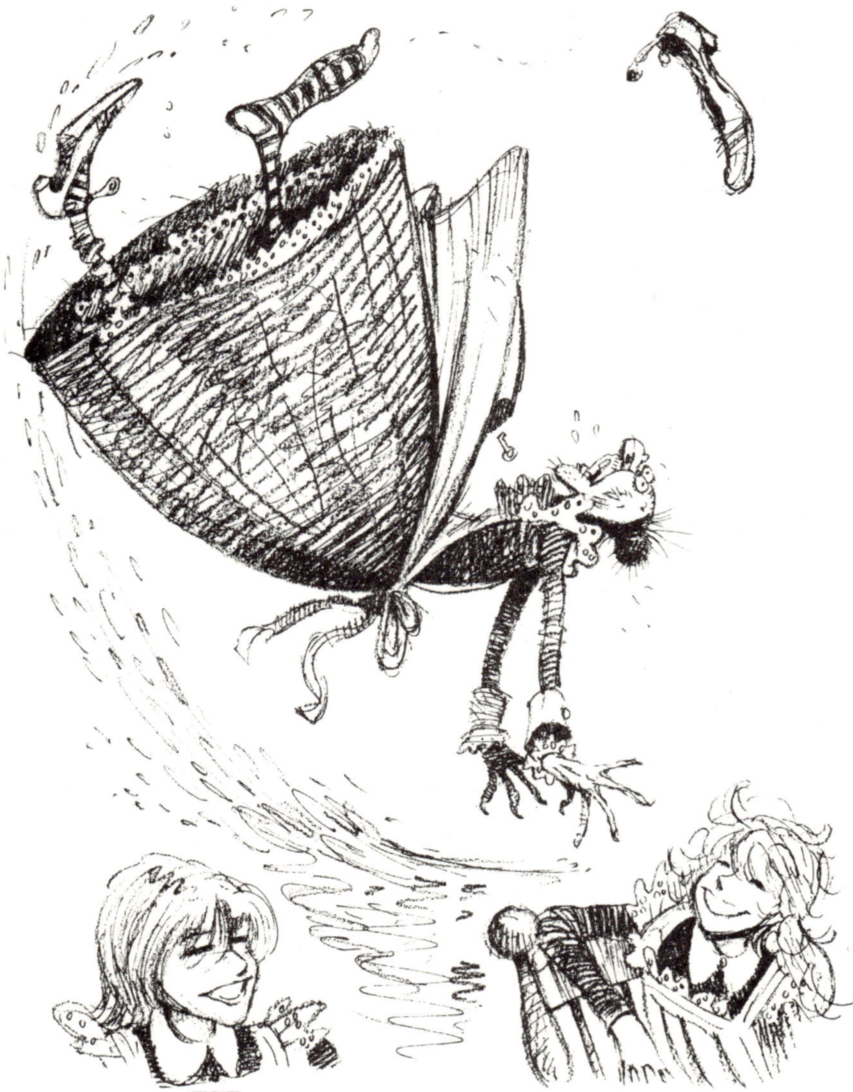

ce n'è una quantità. Quella delle cretine deve essere una specie mai minacciata dall'estinzione!

Mi ha fatto arrivare l'ordine di leggere ed eseguire la bacheca "UMILIANDOSI SI IMPARA"...

Il filo notturno tra me e Dorotea funziona molto bene. Tranne quando una si agita nel sonno. La notte scorsa è successo a me. Ho sognato una cometa che passava bassa, quasi vicino alle finestre, diffondendo attorno una luce viola e argentata. Poi si è messa a girare veloce, sempre più in fretta, fino a diventare un vortice che risucchiava tutto, anche me. Devo essermi mossa con forza, Dorotea si è sentita tirare e, come una sonnambula, si è messa in piedi vicino al letto. Non sa per quanto tempo è rimasta lì, ma stamattina era piena di sonno. Abbiamo deciso di lasciare il filo bello lungo d'ora in poi.

Ventesimo risveglio sotto la neve

Fa molto freddo e non riesco a pensare a niente. La doccia di fresie e mughetto è praticamente gelata.

Stamattina ci siamo rifiutate di farla. Allora la Tilla, improvvisando la bacheca "GELANDO SI IMPARA", ha minacciato di portarci tutte in cortile e di lavarci con l'idrante, ed è uscita di furia per andare a controllare se funzionava.

La strega Camomilla, come se niente fosse, ci ha fatto sedere per terra coi nostri camicioni (Elisabetta E. E. ha tirato fuori un cuscinetto gonfiabile per il suo culino di

UMILIANDOSI SI IMPARA

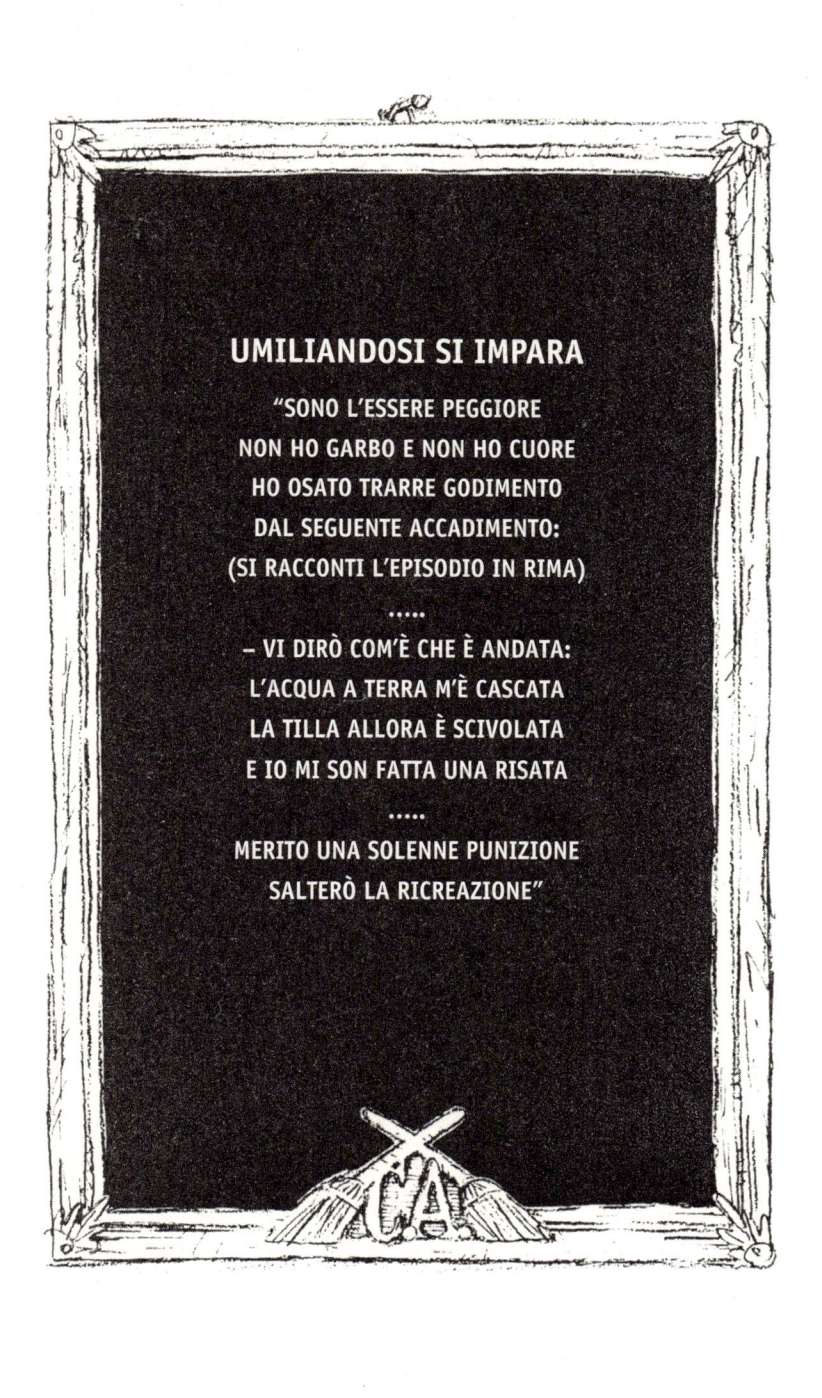

"SONO L'ESSERE PEGGIORE
NON HO GARBO E NON HO CUORE
HO OSATO TRARRE GODIMENTO
DAL SEGUENTE ACCADIMENTO:
(SI RACCONTI L'EPISODIO IN RIMA)

.....

– VI DIRÒ COM'È CHE È ANDATA:
L'ACQUA A TERRA M'È CASCATA
LA TILLA ALLORA È SCIVOLATA
E IO MI SON FATTA UNA RISATA

.....

MERITO UNA SOLENNE PUNIZIONE
SALTERÒ LA RICREAZIONE"

burro...) e ci ha raccontato che fino a qualche secolo fa non ci si lavava assolutamente, che la sola idea dell'acqua sulla pelle era repellente e che spogliarsi per lavarsi era una cosa molto poco per bene.

Che i prodi e misteriosi cavalieri nonché le bellissime dame di cui sono ricolmi fiabe e romanzi erano tutti... puzzoni. Tanto che si grattavano spessissimo: re e regine, nobili e bifolchi, santi e delinquenti, soldati e balie, papi e mercanti, boia e giullari... un grande prurito universale agitava i personaggi delle corti e delle strade (Elisabetta E. E. aveva un'espressione inorridita...).

«È buono l'odore del corpo, dolce quello della pelle» ha concluso la strega Camomilla. «Le ragazze hanno odori dolcissimi, e l'acqua che passa di frequente sulla pelle basta a rinnovarli e a rinfrescarli...»

Ci siamo sfilate i nostri camicioni e, quando la Tilla è rientrata tutta eccitata all'idea di farci imparare gelandoci, noi eravamo già tutte sotto la doccia. E non mi è sembrata neanche tanto fredda.

Nono giorno del mese del comunque

Le streghe avranno il fidanzato? Ne hanno bisogno o no? E come ne hanno bisogno, come di un paio di scarpe da mettere per poter camminare sui sassi senza farsi male, o come un paio di scarpe da togliere per sentire meglio coi piedi nudi il piacere della sabbia tiepida e

GELANDO SI IMPARA

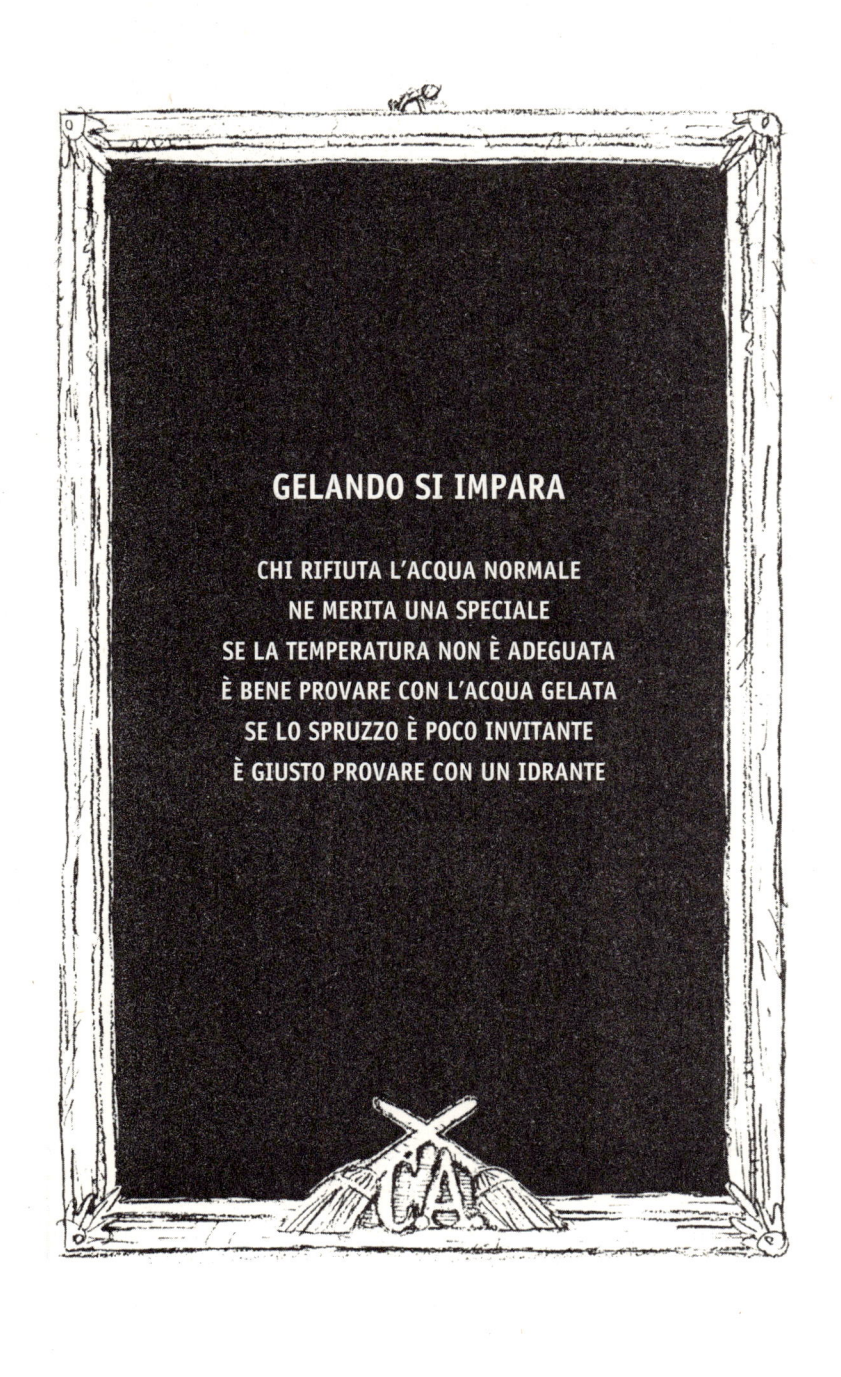

CHI RIFIUTA L'ACQUA NORMALE
NE MERITA UNA SPECIALE
SE LA TEMPERATURA NON È ADEGUATA
È BENE PROVARE CON L'ACQUA GELATA
SE LO SPRUZZO È POCO INVITANTE
È GIUSTO PROVARE CON UN IDRANTE

fine? E la vita, con o senza, è meglio o peggio, uguale o diversa? Questo pensavo mentre facevo di nascosto quattro passi nell'orto, ieri verso sera, quando ho sentito una voce che diceva: «Fidanzati? Certo che ne hanno, più d'uno, e sono fedeli a tutti...».

Chi stava parlando? La bruma della sera non mi lasciava vedere.

«I sogni sono i fidanzati delle streghe!» continuò la voce. «Alcuni sono fatti d'aria e altri di carne e ossa, alcuni hanno la forma di un bosco o il disegno di un melograno, altri un viso da sfiorare soltanto, ma le streghe sono sempre innamorate...»

«Chi ha sentito i miei pensieri? Chi mi sta rispondendo?» ho quasi gridato.

«Sono qui, non mi vedi?!? Sto dando da mangiare alle galline, vieni avanti verso il fondo dell'orto, rondinella!»

Era lei, la strega Fisarmonica, e stava continuando a parlare:

«Una strega può fidanzarsi con chiunque, con la neve e con Abelardo, con una giornata d'inverno e con Filippo, con la pioggia e con Eloisa, con il colore dell'acqua e con Ofelia, con il suono di una voce e con Ugo, con i petali della buganvillea e con un bambino, con una poesia, con...».

«Ma come fa ad avere posto per tutti?» l'ho interrotta.

«Il cuore non è un appartamento, bambina. Difficile per una strega è chiudere e tener chiuso il suo cuore, non aprirlo. Lasciar fuori qualcuno è l'angoscia, non accogliere troppi...»

«E non sbagliano mai a innamorarsi le streghe?»

«Il vero sbaglio è non innamorarsi, capretto».

«Ma se si innamorano di qualcuno che non le ama?»

«Peggio per quel qualcuno! E poi un amore non va mai sprecato, cinciallegra».

«E tu, sei mai stata innamorata?»

«Sì, della luna piena, di una trota settembrina, di un faggio di mezza montagna, del profilo di una collina abitata...»

«E di persone?»

«Certo, anche di persone, cavalletta...»

«E che effetto fa?»

«Sai, non l'ho ancora capito bene. Tra tutti gli amori, quello per una persona è il più complicato. Perché a volte è come se senza quel sentimento non potessi più vivere e, a volte, come se vivere diventasse impossibile proprio per quel sentimento. L'amore per una persona è una complicazione terribile, libellula. Non essere innamorati è essere infelici, ed essere innamorati può anche voler dire avere le spine nel culo e non volersele togliere. Mi capisci, raganella?»

«Ma allora è meglio non innamorarsi, almeno delle persone...»

«No, non lo è, coccinella, credimi».

«Non ci capisco niente».

«Io sono diventata vecchia capendoci poco o niente, zucchina».

«Ma non si possono scegliere solo gli amori che fanno stare bene?»

«No, perché l'amore che ti fa stare benissimo è proprio quello che più di tutti può farti star male, conchiglietta».

«E non se ne può fare a meno del tutto?»

«No. Questo almeno l'avrai capito, spero, topolino... Non è difendendosi dall'amore che si vive meglio».

«Io comunque non mi terrò le spine nel culo, non me ne lascerò mettere neppure una neppure per provare! Io voglio ridere e stare bene, e sennò cambierò vita, cambierò mondo...» stavo gridando.

«Tu cambierai mondo e cambierai il mondo, e il mondo cambierà te, piccola gazza. Un giorno tornerai a raccontarmelo. Adesso vieni qui, prendi il cesto con le uova e aiutami a portarlo in dispensa. Fa' bene attenzione!»

La dispensa è una stanza fantastica.

Grande, con una volta a vela e delle finestre quadrate, piccole. Armadi giganteschi dal pavimento al soffitto, scaffalature ricolme e ordinatissime e, ai quattro angoli, un'asse verticale con montati attorno ripiani rotondi e girevoli; per prendere una cosa dietro, basta far girare il ripiano fino a che arriva a portata di mano.

Lo dirò a papà: è un'idea che gli piacerà.

Ovunque vasi, vasetti, orci, orciuoli, scatole, barattoli,

ACQUA DI ACONITO
MIELE DI FELCI
OLIO DI FEGATO DI MATRIGNA
OMBRE dello SPECCHIO delle mie BRAME
PISELLI PRINCIPESCHI
TONNO DI FIUME

contenitori di ogni forma e dimensione. Tutti con l'etichetta. Composta di bacche di rose, acqua di aconito, foglie di pioppo, fuliggine della casa dei cento camini, succo di pastinaca, erba di San Giovanni, verbena della Spaterna, aneto della Valasnina, trifoglio dell'Agoiolo, panevino della Giupparia, orzo del marchese di Carabas, ombre dello specchio delle mie brame, semi di zucche novembrine, rosso di mela avvelenata, farina per farinata inesauribile, lenticchie del Guadalquivir, cannella della Samotracia, cinnamonno del Nilo, curry dell'Eufrate, chiodi di garofano e viti di tulipano, miele di felci e canditi di muschio, corteccia grattugiata, ali di moscerini, proboscidi di api, olio di fegato di matrigna, estratto di cetrionzolo, aroma di raperonzolo, foglie di prezzemolina, scaglie di sirenetta, bacche di belladonna, fiori di erica, piselli principeschi, matricole della Transilvania, lacrime di gnomi, azzurro cobalto, setole di maiale, peli di coda di cane nero, ali di pipistrello, sangue di piccione nero, e uova di giornata (quale giornata?)... E queste sono solo alcune delle etichette che ricordo.

«Ti porterò con me un'altra volta, lumachino» mi ha promesso la strega Fisarmonica. «Adesso va', e non dire a nessuno che sei entrata nella dispensa! Tieni, prendi questo, mettilo in un posto sicuro, dove nessuno lo possa trovare tranne te!» e mi ha messo in mano una scatolina piccola e rotonda, blu notte, con un cerchio rosso, uno verde e uno dorato sul coperchio.

C'è anche una scritta sul coperchio: "Contro tutte le punture di spine".

La terrò solo perché me l'ha data la strega Fisarmonica, ma so già che non mi servirà. Non mi farò pungere da nessun tipo di spina, io!

Quindicesimo imbrunire della luce d'inverno

Accidenti a questo posto, e al suo nome! Ieri sera sono riuscita a sgattaiolare fuori e, senza accorgermi, sono arrivata fino al bosco. La notte era di quelle che tolgono il fiato, quando pare che le stelle possano cadere sulla testa da un momento all'altro, tanto sono vicine! Chissà se nelle notti come queste è la Terra che va verso le stelle o se sono loro che si avvicinano alla Terra?!? E chissà se il cielo le lascia andare volentieri o se fa di tutto per trattenerle? E le stelle cadenti sono stelle che si buttano dal cielo? E perché, per disperazione o per stupidità? Seduta per terra, guardavo venirmi addosso le stelle e pensavo... Non so quanto tempo è passato ma, quando mi sono rialzata, non mi sentivo più il sedere attaccato. Era praticamente congelato. È una cosa che non auguro a nessuno, il sedere congelato. A nessuno, tranne alla Tilla. Sono rientrata, camminando a fatica, non riuscivo ad articolare i movimenti, mi sembrava di avere sulle gambe, al posto del sedere, un masso informe... A un certo punto mi sono sentita dire, nel buio:

«Come mai cammini a quel modo?».

Era la strega Veneranda, quella della lavanderia.

«Non so, è come se avessi il sedere congelato».

«Mmmm, vieni un po' qui e raccontami come è successo».

«Ero fuori, seduta per terra...»

«Ma tu, corpo di rospo becco,» mi ha interrotto subito lei «pensi che i posti e le cose abbiano dei nomi a caso? Non immagini che un posto che si chiama Cul frec... Non mi dirai che è la prima volta che lo senti questo nome! Bene, anzi... male, comunque adesso lo sai e cerca di ricordartelo. E impara a riflettere sui nomi, ti aiuterà a capire un sacco di cose! Allora, per le unghie delle Caffarelle, le sette streghe tutte sorelle, riesci a capire perché questo posto ha questo nome?».

«Certo che mi viene in mente, e non solo in mente! Ma, per favore, mi si scongelerà mai?»

«Vieni con me, e fa' come ti dico. Non è tanto semplice far scongelare il sedere senza andare incontro ad altri guai. Puoi scottarti, e sarebbe terribile! Puoi lasciarlo troppo a mollo, col rischio che la muscolatura si rilasci... e un sedere di strega deve invece essere bello sodo come quello dei gatti di marmo! Se qualcuno dà un pizzicotto a un sedere di strega, deve ritrovarsi con le dita spezzate! E cerca di camminare normalmente!»

«Ma c'è buio pesto, e non vedo dove metto i piedi!»

«E cosa vuol dire? Il buio non ha segreti per una strega! O no, coda di topo?!? E la tua strega assistente sa dove sei?»

«No».

«Male. È da un po' che sei fuori? Ti manderà a cercare...»

«Non mi importa! Adesso voglio solo liberarmi da questo blocco di ghiaccio che ha sostituito il mio sedere...»

E intanto ho fatto il gesto di prenderle il cesto colmo di biancheria.

«Lascia perdere» mi ha detto. «Quando si ha il sedere congelato non si è in grado di aiutare nessuno! Cerchiamo di muoverci piuttosto...»

Così siamo arrivate alla lavanderia. La strega Veneranda ha messo giù la cesta e ha preso la tinozza di smalto bianco con la riga blu.

«E adesso guarda e impara, così se ti capita un'altra volta, saprai come cavartela anche da sola!»

Ha riempito la tinozza di acqua calda sentendo con il gomito se non scottava, come la mamma... poi ha versato nell'acqua: tredici gocce di olio canforato, tredici gusci di lumaca colmi di latte di capra, tredici foglie di melissa, tredici grani di sale marino e tredici gusci di noce di estratto di belladonna.

«Adesso siediti dentro e sta' a bagno finché il tuo cervello ti dirà che il tuo sedere è tornato a far parte del tuo corpo...»

Io indugiavo, e lei:

«Cosa aspetti? Avanti, spogliati e immergiti... Hai mai visto mettere a bagno un sedere vestito? Non preoccuparti di me, io ho visto e lavato nella mia vita più sederi di quanti ne contenga questa stanza... Su, rilassati, e fa' sciogliere il tuo nobile di dietro!».

Che tipa! Certo che mi sono rilassata... Sono stata in immersione per tredici minuti. È curioso sentire il proprio sedere tornare alla vita... E che senso dà risentirsi il sedere a posto e alla temperatura giusta!

«E adesso togliti dall'ammollo, e frizionati con queste foglie di betulla gelate, sono formidabili per ridare tono ed elasticità alle chiappe! Poi rivestiti veloce e buona fortuna...»

«Grazie».

«Di niente, chiodo di garofano, è stato un piacere! Qui tutte si preoccupano della testa, del galateo, dell'educazione, della classe... se non ci fossi io a occuparmi del sedere... perché ricordati, guscio di noce moscata, non c'è sortilegio che venga se il sedere non è alla temperatura giusta!»

«E qual è la temperatura giusta?»

«Mai bollente e mai gelato. Tiepido come una guancia di neonato sano, capito? E adesso va', ossa di cannella...»

Non sapevo che ora era, e dove potevano essere le altre. Sentivo però delle voci venire dal salone della ricreazione, voleva dire che non erano ancora le nove. Che fare?

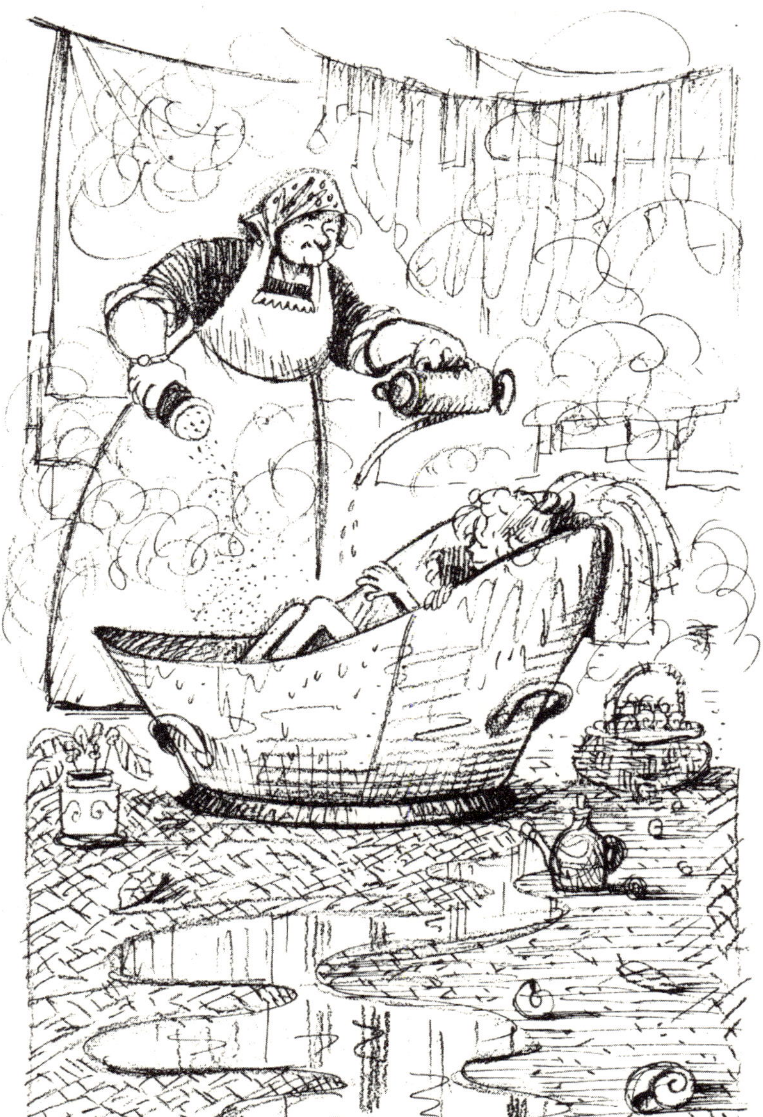

Raggiungere le altre o no? Non avevo voglia di domande e di spiegazioni. Sarei andata a letto. Se mi avessero trovata addormentata, mi avrebbero lasciata in pace, forse. Buonanotte!

Effetto notte

Altro che buona è stata la notte scorsa! Dopo un po' che ero a letto, ho sentito le voci avvicinarsi, e Dorotea chiedermi concitata dove mi ero cacciata.

«Sono andata nel bosco a vedere le stelle e mi si è congelato il sedere».

Lei si è messa a ridere... era successo anche a lei, il primo anno... Ma siamo state interrotte da un turbine. La Tilla.

«Eccola qui quella che scompare per i fatti suoi senza degnarsi di dire niente a chi di dovere! Quanto pensi di andare avanti ancora a fare di testa tua? Se sei stata abituata così, sarà bene che ti decida a cambiare. Si può almeno sapere dove sei stata?»

«Nel bosco».

«E allora tornaci nel bosco! Avrai l'onore di una bacheca tutta tua: "RIFACENDO SI IMPARA, TRA LE LACRIME ANCOR DI PIÙ"».

E mi sono ritrovata per aria a volar fuori dalla finestra, che si era improvvisamente spalancata. Sono atterrata dopo un volo nell'aria gelida in una radura del bosco, senza

**RIFACENDO SI IMPARA,
TRA LE LACRIME ANCOR DI PIÙ**

CHI PRENDE INIZIATIVE PERSONALI
SENZA CHIEDERE I PERMESSI DOVUTI
VA INCONTRO A GUAI MOLTO SPECIALI
NEL GIRO DI POCHI MINUTI
DOVRÀ RIFARE L'AZIONE SCONSIDERATA
A RIPETERLA SARÀ OBBLIGATA
E TRA LACRIME TIMORI E TORMENTI
PATIRÀ FREDDO E STRIDORE DI DENTI

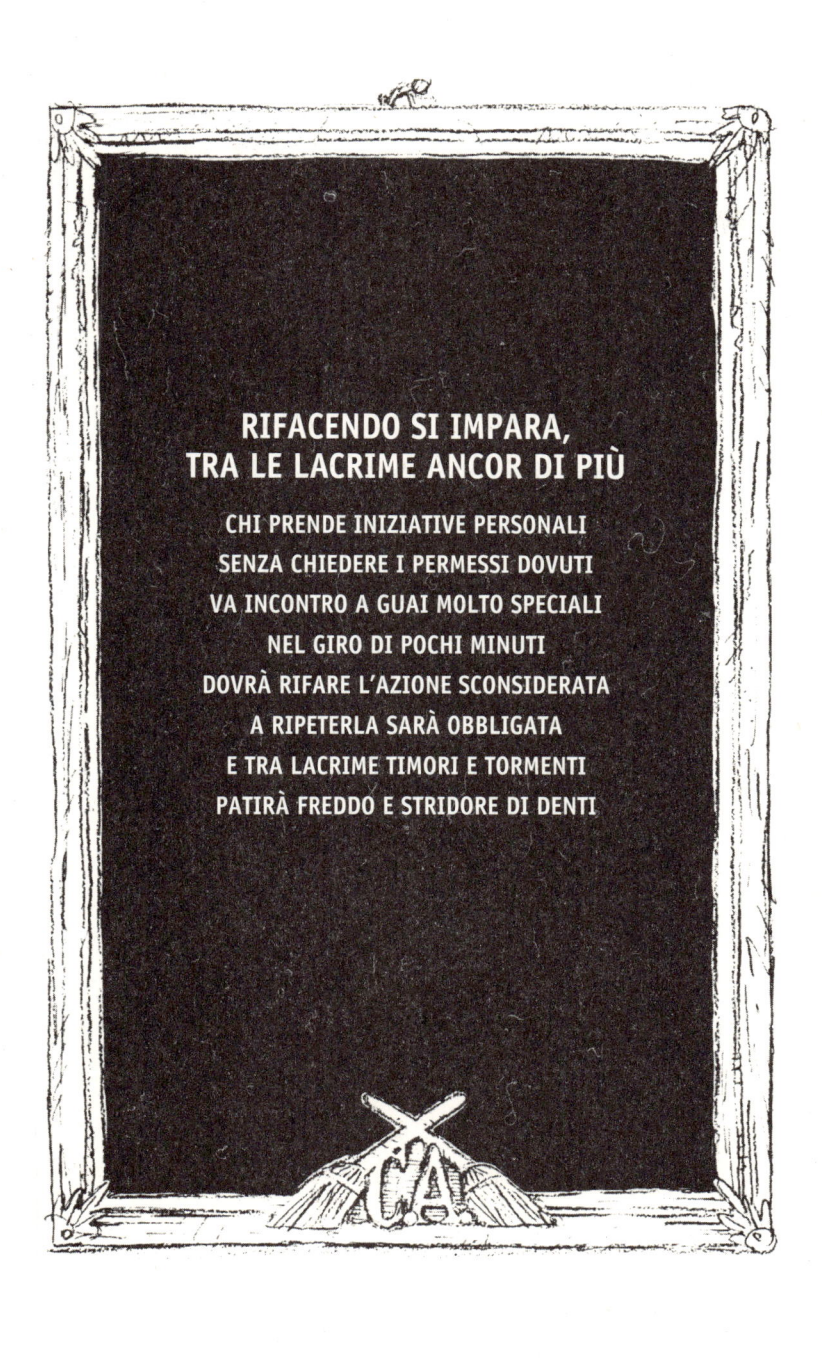

neanche farmi male. Dopo poco, mi sono resa conto che il mio sedere si stava ricongelando. "Morirò" ho pensato, e in quel momento non mi è sembrata neanche la cosa peggiore che potesse capitarmi.

Ero stanca, proprio stanca di avere a che fare con le prepotenze di una cretina, e anche con tutte le altre, buone, care, buffe, ma che le lasciavano fare il bello e il cattivo tempo. Era un posto di merda, e correvo il serio pericolo di diventare come loro, altro che la mia strada e me stessa... Belle palle, cara la mia strega Vera, palle e strapalle. Piangevo. Morire, ecco che cosa volevo, morire e nient'altro.

Ho fatto la danza della morte, ho gridato come un'ossessa per sfogarmi e poi mi sono preparata a morire. Ormai non avevo più niente da perdere, ma si vede che qualcuno non voleva perdere me... perché ho visto arrivare la lupa, la cerva dalle ramose corna, il riccio e la volpe, per farmi compagnia e per scaldarmi.

E io, dopo un po', mi sono persino addormentata, con la testa sulla pancia della cerva, i piedi su quella della lupa e la volpe e il riccio addosso come piumini.

Un po' di caldo e la sensazione di essere benvoluta, anche se solo da animali (ma questi sono "solo" animali?) mi ha rimesso al mondo. Mi sono svegliata affamata. La cerva mi ha fatto prendere una pera dalle sue ramose corna e, dopo averla mangiata, mi sono sentita in gran forma. E così ho deciso di rientrare. Per vendicarmi.

Dorotea mi è corsa incontro, sì, lei, quella della non fretta, mi è venuta incontro correndo! Le altre mi hanno accolto stupite e contente. Qualcuno ha davvero temuto che potessi morire. Elisabetta E. E. stava dicendo che a lei una cosa simile non sarebbe mai capitata...

«E se davvero mi fosse successo qualcosa di grave?» mi sono messa a gridare. «Vi sareste dispiaciute, qualcuna avrebbe anche pianto, ma avreste trovato la cosa logica. Quella punizione me l'ero meritata, anzi, diciamo la verità, me l'ero proprio cercata! Babbee, un branco di babbee, opportuniste e cacasotto, ecco con chi passo la mia vita!»

Non tutte, non tutte, d'accordo... ma Dorotea aveva proprio ragione: non basta avere in comune un nemico per essere amici!

In questo momento sta entrando in studio la Tilla. Faccio come se fosse invisibile. Lei fa lo stesso con me. È un sollievo. Ho deciso che non mi lamenterò con nessuno di questa notte.

Quando andiamo a dormire, scopro che il mio posto letto non è più vicino a Dorotea.

Pagherà anche questo, la serpe!

Prime luci del mese del purchessia

Eccole, sono arrivate!

La mamma me ne aveva già parlato. So che le sarebbe piaciuto mi succedesse a casa, o comunque mentre eravamo insieme. Papà ha messo via una bottiglia di spumante rosa con il mio nome per l'occasione! È un giorno importante...

La mamma mi ha detto che ricorda benissimo il suo, e lo festeggia come un compleanno.

Sì, ho le mestruazioni mamma, è la mia prima volta. So che sarai contenta, ma non andarlo a dire subito a qualcun altro, neppure a papà, resta un po' qui con me a parlare. Mi hai spiegato già tutto, è vero, ne abbiamo parlato più volte tra noi, seriamente e anche ridendo, ma adesso non ricordo bene tutto quello che mi hai detto... ricordo solo che me lo dicevi con molta tenerezza... È quella che voglio adesso.

So che è un momento molto importante, che vuol dire qualche cosa di molto importante, ma io mi sento un po' sperduta, mamma... Avevo sempre pensato che mi sarei messa a ballare, e invece non ne ho nessuna voglia... questo sangue mi inquieta, ed è così scomodo... Sento anche male, male alla schiena e male alla pancia... Mi avevi detto delle cose esaltanti: è il segreto della vita che tocca le donne più da vicino di qualunque altro essere vivente... il tuo corpo racchiude un mistero, bambina... Il mio corpo ha mal di pancia, mamma, e io mi sento impacciata, e per la prima volta in vita mia mi chiedo come farò a correre e a saltare, come mettere le gambe per camminare...

Non averne a male, mamma, ma io vorrei che il "mistero" fosse già finito e non tornasse mai più, o almeno per un bel po'... Me l'avevi detto che all'inizio sono fastidiose, che ci si sente un po' strane, ma che poi ci si abitua, diventano una specie di appuntamento, e che si riesce a fare tutto come se niente fosse, se si vivono bene... "con affetto", avevi detto, me lo ricordo.

E le streghe le avranno? E Dorotea?

Certo, è più grande di me... però non ne abbiamo mai parlato. Non ci ho mai pensato prima, ma mi sto rendendo conto di quante, tra donne e ragazze, hanno le mestruazioni sulla Terra, e la Terra gira lo stesso! E se fosse uno dei motivi per i quali continua a girare?

Mi sta crescendo anche il seno. Credevo mi desse più fastidio. E invece, è strano, cresce in fuori, ma non è fuori, è me, sono io, sono sempre tutta io! L'ho detto a Dorotea. Anche lei le ha in questi giorni, ma non per la prima volta, per la trentaduesima.

«Ma com'è averle ogni mese?» le ho chiesto.

«È!»

«Sai che mia madre dice che sono il privilegio delle donne?»

«E che la mia dice che sono la maledizione delle donne?»

«E tu che cosa ne pensi?»

«Non lo so ancora...»

«Neppure io. È la prima volta e penso che sono un bel fastidio...»

«Capitava anche a me le prime volte, adesso meno, anche se fisicamente mi sento meglio quando non le ho...

Quando le ho, non so, mi sento diversa, ma non come dice mio fratello che mi dà della lunatica e basta. Forse sono davvero un privilegio, come dice tua madre, o forse una maledizione, come dice la mia, chissà...»

«Mia madre dice anche che ci si può affezionare alle mestruazioni, e che non danno più fastidio allora...»

«Ma tu ti sei mai accorta di quando tua madre le aveva?»

«Non mi sembra...»

«Tua madre deve essere una donna luna... la mia invece è solo lunatica: due tipi completamente diversi. Ogni mese lei si doveva mettere a letto per due o tre giorni, col mal di testa e con un umore intrattabile... Forse ha ragione tua madre, dipende da come le prendi, e loro sono come le vuoi, amiche o nemiche, privilegio o maledizione...»

«Secondo te, le streghe, qui, le hanno tutte?»

«Certo, sono donne! Alcune come tua madre e altre come la mia...»

«Ma anche quelle tanto vecchie?»

«Le streghe invecchiano molto più lentamente delle donne normali...»

E la Tilla? La Tilla sarà secca come una prugna secca, o perderà catrame e pece, ne sono sicura, altro che sangue vivo!

Voglio farlo sapere a mamma e papà. E come? La faccenda delle lettere non è ancora risolta. Per la maggior parte si sono adeguate e, più o meno volentieri, consegnano le lettere aperte.

Dorotea... be', per lei non è mai stato un problema quello delle lettere. Quel giorno ha preso la parola solo per una questione di principio. Lei, in realtà, odia scrivere lettere e non le importa particolarmente di riceverne. Usa solo cartoline. Alle persone speciali scrive cartoline speciali, disegnate da lei, con versi presi da poesie che le piacciono; e dai suoi le basta ricevere i saluti ogni tanto, perché non sopporta più di due parole di fila da sua madre!

Ma io ho il tormentone. Ho un pacco così di lettere da spedire, le ho legate con un filo e le tengo nascoste nel banco, in attesa di trovare un modo per spedirle, evitando occhi estranei e sgraditi...

Intanto ho incominciato anch'io ad adottare lo stile cartolina. Mando e chiedo cartoline in risposta, con la scusa di una collezione che mi interessa molto. Ogni volta che consegno, o che mi consegna, una cartolina, la Tilla mi guarda come se mi stessi tirando la zappa sui piedi...

Gliela farò vedere io, prima o poi, di chi sono i piedi e chi tiene la zappa!

Adesso disegno la cartolina per comunicare a casa la mia novità.

Decimo sprofondamento nella notte, sola

Mamma e papà sono venuti improvvisamente a trovarmi. Per festeggiarmi, con la tenerezza che volevo, e per congratularsi con me della mia cartolina. Appena appoggiata sul tavolo, la bottiglia di spumante rosa, che avevo disegnato, ha fatto schizzare via il tappo, spruzzandoli tutti di spumante! Sto facendo progressi.

Contando sull'atmosfera speciale, ho raccontato da cima a fondo la storia delle lettere e ho chiesto a papà di farmi da portalettere. Ma lui, nonostante l'occhio tenero, mi ha risposto che per i problemi vanno cercate soluzioni e non scappatoie... MMMM... GGRRR!!!

Tredicesimo dopopranzo indigesto

Stamattina ci hanno consegnato la pagella. Ho un solo 6, in comportamento, vale a dire per come mi comporto in refettorio, dormitorio, aula di studio... Mi dispiace anzi, non me ne frega proprio un bel niente. E starò ben attenta a non prendere un voto più alto.

«Ti sei giocata l'albo d'onore, con il tuo bel modo di comportarti, complimenti!» ha flautato stonando la Tilla.

Non le ho neanche risposto. Avendo voti buoni in tutte le materie, non può dirmi più di tanto. Aveva ragione Dorotea quando mi diceva che è meglio cercare di andare bene a scuola, perché vuol dire avere un problema di meno.

«Ti puniscono, ti sgridano, ma in fondo sono costrette a rispettarti, anche se ti tolgono il fiato con la storia del chiticredidiessere, però a un certo punto devono tacere!»

Venticinquesima alba tragica

Domanda della notte: «Cosa preferiresti essere: maschio o femmina?».

«Nuvola».

«Nuvola maschio o femmina?»

«Ma una nuvola non è né maschio né femmina».

«Qualunque cosa tu decida di essere, devi scegliere se maschio o femmina!»

«E va bene, allora: maschio e femmina!!!»

È così che sceglierei se davvero potessi.

Mi piacerebbe essere l'uno e l'altro, provare le uguaglianze e le differenze, perché deve esserci qualcosa di molto uguale e qualcosa di molto diverso... e chissà se sono più forti le uguaglianze o le differenze?... Secondo me, essere diversi è importante e bello come essere uguali.

Ho chiesto a Dorotea se non le è mai venuta la voglia di essere uomo.

«Sì, come mi è venuta voglia di essere gabbiano, melograno e vento!»

Io voglio davvero provare a essere uguale e diversa. A essere me e altro, a cambiare e rimanere me. Mi chiedo se è possibile. E perché no?

Prima ora che volge il desio del mese del sebbene

Abbiamo incominciato a fare gli esperimenti di trasformazione. Un bicchiere in un imbuto, un ombrello in una

doccia, una penna in una freccia, un fazzoletto in un lenzuolo, una discesa in una salita, una curva in un rettilineo, un sasso in una ruota, il ghiaccio in acqua che bolle...
FANTASTICO!!!

Settimo non c'è tempo per morire

Continuiamo con gli esercizi di trasformazione. Il miele in fiele, i passi in sassi, le pizze in puzze, le zappe in zuppe, il burro in un burrone, un monte in un montone, il collo in un colletto, un mulo in un mulino, una torre in un torrone, i lamponi in lampi, le rapine in rape, i mattoni in matti, una focaccia in una foca, gli otri in orti, l'ocra in orca...

La strega Vera dice che si può andare avanti all'infinito. Come lo vorrei!

Provaci ancora, Guia

Stiamo imparando a far sparire gli oggetti: le porte e le finestre dalle pareti, il pavimento sotto i piedi, la sedia sotto il sedere, i vestiti di dosso, il cibo nei piatti... e poi a far cambiare di posto alle cose, all'improvviso, come se si muovessero da sole.

È incredibile quello che si mette in moto a partire anche solo da uno di questi sortilegi. Dobbiamo imparare a prevedere ogni cosa. Se si perde un colpo, se un anello della catena sfugge, tutto viene compromesso e possono succedere disastri... oltre al fatto che una strega che non riesce a tenere sotto controllo i propri sortilegi diventa ridicola! Dovrò allenarmi molto.

La strega Vera ha detto che è prima di tutto necessario sapere bene quello che si vuole e quello che NON si vuole! Ma io ho ancora le idee poco chiare, come faccio a sapere bene quello che voglio e quello che non voglio se non provo e non vedo quello che succede?

Lei mi ha risposto che ci sono cose che si possono provare prima di sceglierle o scartarle, e altre che non si può. Bisogna procedere d'istinto.

«E come si fa a essere sicure di non sbagliare?»

«Si fa a meno di esserlo. Solo dopo, si capirà se la scelta è stata giusta o sbagliata».

«E se è sbagliata?»

«Si impara e si ricomincia. È quasi impossibile fare un errore tanto grosso da non poter ricominciare, soprattutto alla vostra età».

Gli esperimenti sono poi continuati in coppia, in una specie di gara di magia, con l'obiettivo di far durare il più a lungo possibile la gara, senza interrompere la catena magica. Ci vuole concentrazione, invenzione, memoria e voglia di divertirsi. BELLO DA MORIRE!!!

C'è una regola però: trasformazioni e sortilegi possono avvenire solo nel laboratorio di trasformazione e nelle ore stabilite. Chi non rispetterà la regola verrà sospesa dal laboratorio.

Ne parlo con Dorotea. Lei dice che basta non farsi accorgere. Lei, per esempio, fa sparire dal suo piatto tutto quello che non le piace e raddoppia quello che le piace, fa scivolare via la sedia da sotto il sedere di qualcuno a cui vuole fare un dispetto, e l'altro giorno è riuscita a fare entrare una mosca nella bocca di chi dice cose che lei non vuole sentire...

Trentaduesima cena delle beffe

Stasera anch'io ho provato a far sparire dal mio piatto le polpette di cervo volante. Ah, che soddisfazione! Solo che ho fatto troppo in fretta e la strega Cristofora voleva darmene ancora credendo di farmi un piacere... Non l'avevo previsto, dovrò metterci più tempo e lasciare un boccone d'avanzo.

Dorotea, che ha visto tutto, sorrideva. Quando sorride a quel modo, diventa così bella, così bella, che dentro, mentre la guardo, sento come un dolore, una specie di fitta... Non so cos'è, ma è una sensazione forte che mi fa male e bene. Deve essere un'emozione speciale essere bella come è bella lei. So che non la proverò mai!

Tre quarti di luna del mese del però

Mi sto esercitando come una pazza a far cambiare posto alle cose, sotto la sorveglianza della strega Vera.

Voglio diventare abilissima.

La domanda di stanotte è stata:
«Vorresti poterti muovere strisciando, saltando, guizzando, o camminando?»
«Vorrei potermi muovere in tutti questi modi».
«Devi scegliere».
«E allora voglio volare».
«Tu sei sempre quella delle novità» commenta la strega assistente.
Io non sopporto questo dover scegliere una cosa che vuol dire perderne altre. Ci dovrà pur essere un rimedio...

Tutto il gelo è finito

Sappiamo far sparire le cose, trasformarle e cambiarle di posto. Adesso ci esercitiamo a farle ricomparire. Poi, dopo avere imparato con le cose, passeremo agli animali, e dopo potremo anche incominciare con le persone. E allora avremo bisogno della massima concentrazione, perché saremo in diretto contatto con la vita e con la morte, con la felicità e l'infelicità, l'amore e l'odio, la salute e la malattia...

È una cosa che mi attrae e mi fa paura: non so se voglio avere a che fare direttamente con la vita e con la morte. Dorotea invece vuole, ma non con la vita e con la morte, la felicità e la disperazione degli altri, ma con le proprie. Per conoscersi fino in fondo, e sapere quello che vuole e quello che non vuole, quello che può e quello che non può.

Io non ho tutta questa voglia di conoscermi fino in

fondo... non mi dispiace l'idea di riservarmi delle sorprese e di potermi stupire, a volte, anche di me stessa...

Ma Dorotea dice che per lei è come con un libro. Quando legge, le succede di immaginare come la storia andrà avanti, o di desiderare che vada avanti in un certo modo. Se poi quello che aveva immaginato o desiderato, succede davvero, lei si sorprende come di fronte a una cosa inaspettata.

È incredibile, Dorotea ha il potere di indicarmi sempre una strada diversa, un significato che non immaginavo, un pensiero che non pensavo...

Primavera

Nella stagione
della luce che ride
delle primule nane
e delle rondini in volo

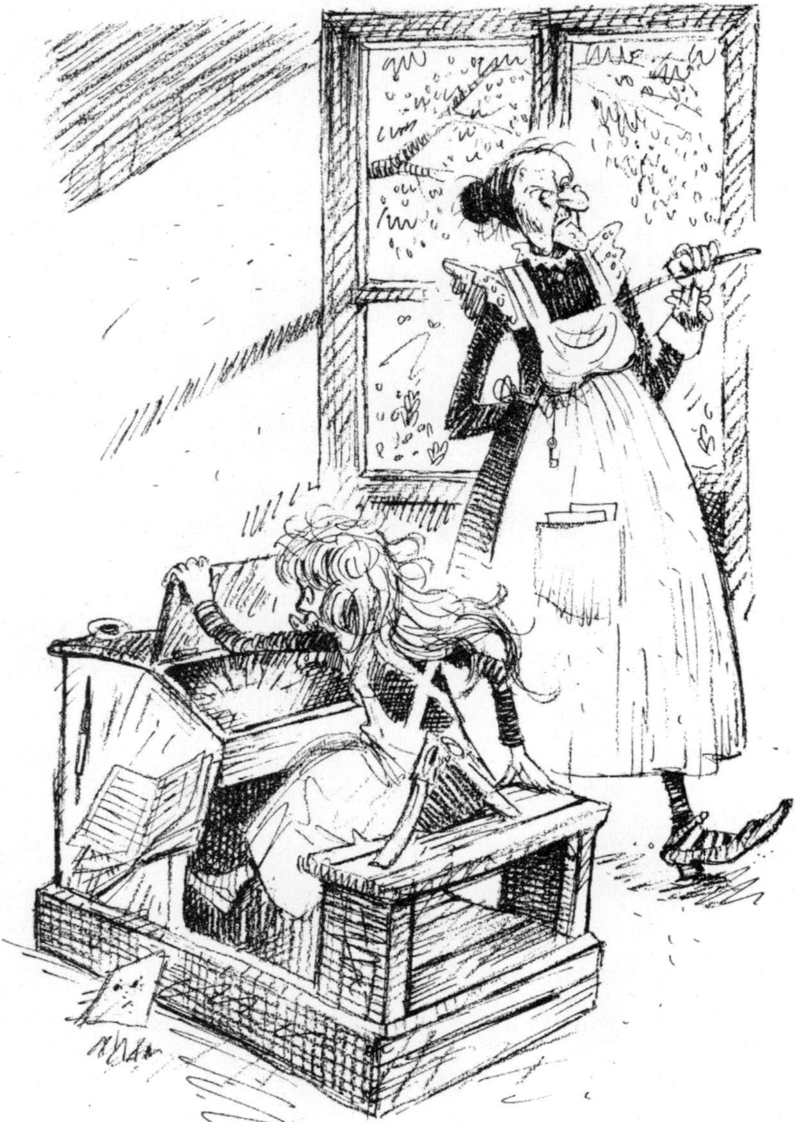

Ora ZERO con sussurri e grida

Non è possibile! Il mio pacco, il mio pacco di lettere, il mio preziosissimo pacco di lettere è sparito. Proprio adesso che ero pronta... Dopo aver tanto aspettato ed essermi tanto allenata, avrei finalmente potuto fare arrivare le mie lettere a destinazione solo grazie alle mie capacità magiche... ED ECCO CHE NON LE TROVO PIÙ!!! SONO DISPERATA!!!

Ma non ho perso tempo a disperarmi a vuoto, ho preferito passare all'azione. Mi sono alzata, ho puntato diritto sulla Tilla e a voce alta, nel silenzio della classe, le ho intimato:

«Rivoglio le mie lettere!».

«Le tue lettere? E a me le chiedi?»

Ma aveva già fatto tre singulti e quattro sputacchi più del normale, voleva dire che avevo colto nel segno. Allora, senza domandarle alcun permesso, sono uscita dalla classe, lasciandola che mi urlava dietro: «Torna qui ed esegui immediatamente la bacheca "UBBIDENDO SI IMPARA"!».

Mi sono fiondata nello studio della strega madre. Non per lamentarmi e tantomeno per essere capita, ormai so che aria tira, ma per denunciare il fatto.

«Non si bussa, non si chiede permesso prima di entrare?» ha tentato subito di mettermi in difficoltà la strega madre.

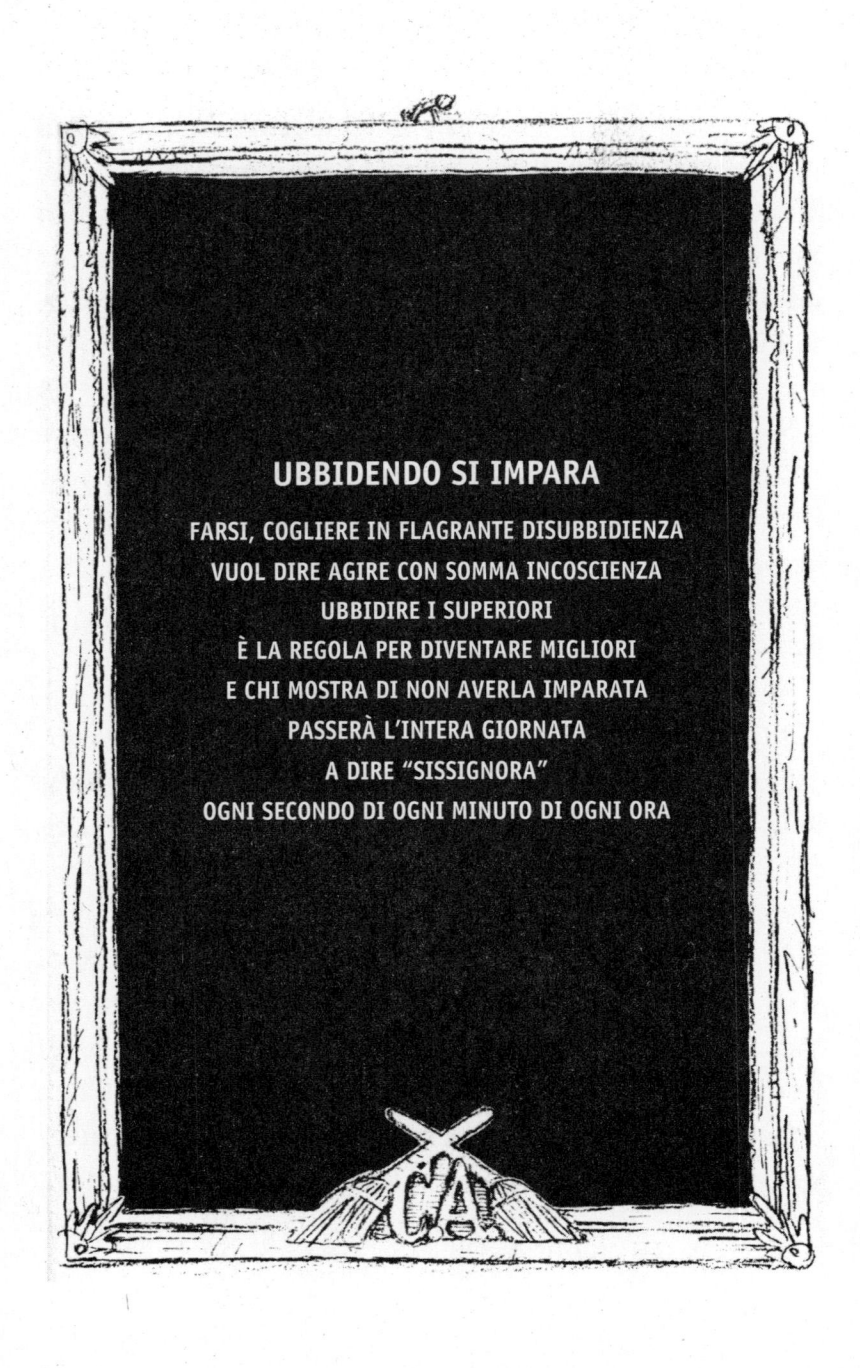

UBBIDENDO SI IMPARA

FARSI, COGLIERE IN FLAGRANTE DISUBBIDIENZA
VUOL DIRE AGIRE CON SOMMA INCOSCIENZA
UBBIDIRE I SUPERIORI
È LA REGOLA PER DIVENTARE MIGLIORI
E CHI MOSTRA DI NON AVERLA IMPARATA
PASSERÀ L'INTERA GIORNATA
A DIRE "SISSIGNORA"
OGNI SECONDO DI OGNI MINUTO DI OGNI ORA

Qui la volevo... «Qualcuno l'ha chiesto a me, prima di aprire il mio banco e prendermi le mie lettere?»

«Ah già, le tue lettere» era serafica. «Ti stavo proprio mandando a chiamare perché volevo parlarti. Vedi, cara» oddio, la faccia le si stava normalizzando «le tue lettere...».

«Le mie lettere» l'ho interrotta senza tanti riguardi «mi sono state prese, sottratte senza il mio permesso. Non mi interessa il suo parere sulle mie lettere, voglio solo sapere se e come giustifica il fatto d'aver aperto il mio banco e preso... È un furto, un furto in casa mia, di più, nel mio cuore...».

«Calma, piccola!» e si è soffiata il naso che, fisso e immobile al suo posto, faceva davvero spavento.

«Non mi chiami piccola e cara!»

«Come vuoi, cara! Scusa...» la sua faccia ora era inesorabilmente e minacciosamente normale. «Ora apri bene le orecchie e ascolta. Tu qui non sei a casa tua, sei una nostra educanda, cioè a noi affidata per essere educata a diventare una strega per bene. Le regole quindi tocca a noi darle, e per il tuo bene. Per farlo nel migliore dei modi possibili, abbiamo bisogno di conoscerti. Siamo entrate nel tuo cuore come ladre, dici tu, per il tuo bene, dico io. Se tu non apri il tuo cuore, non ti confidi, ci troviamo costrette a trovare da noi il modo per conoscerti, per capire chi sei e cosa pensi, per fare per te quello che è meglio per te, e per aiutarti a diventare quello che devi...»

«BASTAAA!» ho urlato, scoppiando a piangere.

«Piangi pure» ha continuato lei con voce melensa. «Brava, vuol dire che capisci, che senti, che un cuore ce l'hai davvero... E perché ti ostini a tenerlo chiuso? Siamo qui per aiutarti tutte, siamo come tante mamme per te. Se ti sembra che ti facciamo del male, è solo per il tuo bene, credimi, e soffriamo più di te... ma è meglio che pianga tu oggi che noi domani, e quando avrai anche tu responsabilità educative, capirai...»

BUGIARDA BUGIARDE SERPI BISCE VIPERE SERPENTI!!! Sono scappata via disperata e schifata. Il cuore mi faceva male, mi bruciava e mi pungeva... mi pungeva sì, e io che credevo che non mi sarebbe mai successo! Mi sono ricordata della scatolina blu... Ma a che cosa poteva mai servire quel balsamo se era dentro che il cuore mi pungeva?!? Il dolore insiste... se non passa, devo almeno fare in modo che non sia inutile. Non devo sprecarlo. So dove sono le lettere, le ho ben viste sul tavolo della strega madre... Gliele farò sparire da sotto il naso, adesso, e le farò volare via e arrivare dove devono arrivare. E d'ora in avanti, altro che aprire il mio cuore... STRONZE STRONZISSIME MERDOSISSIME STRONZE SBIFIDE!!!

Nono colpo al cuore

Ho raccontato tutto a Dorotea. Lei dice che do troppa importanza a tutto, anche a quello che non vale tanto la pena. Lei ha imparato presto a scegliere a cosa e a chi dare importanza, e si è risparmiata un sacco di sofferenze e di problemi in questo modo, perché chi per lei non conta non può farle nulla, né di bene né di male...

Quando ragiona così e fa tanto la Grande Indifferente mi fa paura anche lei. Io non voglio imparare l'indifferenza. Voglio sentire e capire.

Ho anche riprovato a parlare con la strega Vera dei pensieri che mi fa venire la faccia della strega madre. Ma ho di nuovo la sensazione che lei mi sfugga. Dice che nessuno ha sempre la stessa faccia, che a volte vediamo negli altri solo quello che possiamo o vogliamo vedere.

Le ho detto che erano risposte vaghe, che non mi convincevano. E lei se l'è cavata rispondendomi che si guarda bene dal convincermi di qualunque cosa, che quello che vuole è solo darmi degli elementi di riflessione e che le mie convinzioni me le devo costruire da me.

Non va, non va, non va!

Un po' di sole nell'acqua gelida

Per fortuna esistono anche le tipe rilassanti come la strega Camomilla! Stamattina, rituale controllo del cambio di stagione: peso, lucentezza dei capelli, luminosità e regolarità della pelle. Conclusione: purga per tutte.

«Vi voglio tutte sane, scattanti e belle».

«E chi bella non è?» ho chiesto io.

«Storie» ha risposto lei. «Qualcuno dice che belle o brutte si nasce, vero, ma è ancora più vero che belle o brutte si diventa! C'è una bellezza che ognuna può darsi da sé... è il fascino, primuline! E ricordatevi che non c'è vera strega che non sia affascinante. Essere belle aiuta a essere affascinanti, ma non è necessario. Il fascino è un segreto che dovete scoprire, ognuna ha il proprio. Occorre guardare dentro di sé, per trovarlo, e attorno a sé. Una notte di luna e una voce che canta, le betulle e una chiara giornata d'inverno, il vento, l'acqua e un'aquila in volo hanno molto da insegnarvi a proposito del fascino... E adesso, colazione dietetica!»

Trentacinquesimo pomeriggio del fauno
Evviva, ha funzionato! Le mie lettere sono arrivate. Sto ricevendo le cartoline che me lo confermano. La Tilla mi tiene d'occhio come un segugio, muore dalla voglia di cogliermi in fallo, ma io mi guardo bene dal provocarla ormai. Non ho più tempo per lei e per le sue lune.

Ho ripensato a quello che mi ha detto la strega madre la sera delle lettere, e ho deciso che devo trovare un modo per vivere qui che vada abbastanza bene a me e che non disturbi troppo loro. Questo è davvero uno strano posto, e una strana scuola. Ho la sensazione di avere da imparare più da chi si occupa del guardaroba, della dispensa o dell'orto, che da chi è incaricato di educarci. Mi sembra di

MENÙ SPECIALE
PER IL GIORNO DELLA PURIFICAZIONE

COLAZIONE DIETETICA
TÈ AMARO DELLA GROENLANDIA
SPREMUTA DI NEVE
FETTE DI FARRO BISCOTTATE
MARMELLATA DI TAMARINDO

PRANZO MINIMO
BRODO DI CRUSCA
MESTICANZA ALLA VINAIGRETTE
MUESLI AL GINEPRO

CENA AL LIMITE
CONSOMMÈ ALLA GRIGLIA
LENTICCHIE RIPIENE DI SPINACI
MACEDONIA CON CACHI COTTI

essere coinvolta in un grosso equivoco. Forse sono io che devo scegliere come e da chi essere educata. In un certo senso, devo anche educarmi da me.

E se fosse tutto un trucco? Se il loro essere diverse fosse solo un modo per riuscire ad accalappiarci tutte, perché nessuna sfugga alla loro "educazione"?

Seguo con ancora più attenzione le lezioni della strega Vera. Lei non è come le altre, ne sono sicura. Non posso essermi sbagliata sul suo conto. Non lo sopporterei e non sopporto neppure l'idea di sospettare di lei. Ho assolutamente bisogno di avere qualcuno di cui fidarmi!

Quarantaduesimo attimo fuggente

Sono tanto concentrata sulle trasformazioni che non ho più tempo per nessuno, non mi interessano più le Elisabette E. E. e ignoro le Tille. Non riesco nemmeno a scrivere il mio diario.

Però ho imparato a trasformare in nani e in giganti, a far comparire i fantasmi e a far sembrare vivi gli scheletri. La strega Vera ci sta insegnando a ritmo incalzante, come se avesse fretta e il tempo fosse troppo poco e noi avessimo bisogno di imparare e di sapere presto, molto presto, come usare i nostri poteri. Anche se vanno usati con criterio e solo quando è necessario.

«Ma come si fa a sapere quando una cosa è necessaria o no?» chiedo. «Non esiste un "necessariometro", come il termometro per la febbre? Avere abbastanza da mangiare, per esempio, è più necessario di una corsa nei prati o di un bacio?»

«Certo!» ha esclamato senza alcun dubbio Elisabetta E. E. «Perché senza cibo muori e senza corse nei prati e senza baci no...»

Lei forse...

Ma io so che potrei morire di troppo poche corse sul prato e per mancanza di baci, esattamente come per insufficienza di cibo.

La strega Vera ha aggiunto:

«Solo in certi momenti si capisce quello che è veramente necessario, se conta più avere da vestirsi o un amico su cui contare totalmente... ma sono momenti terribili, momenti che aiutano a capire, ma che rischiano anche di portar via cuore e cervello in un colpo solo...».

Si è interrotta e ha fatto un gesto con la mano come per liberare l'aria e la mente da fantasmi grevi, e ha concluso:

«Ma per ognuno c'è un tesoro da trovare, e ognuno può essere un tesoro per qualcuno che lo troverà...».

Un tesoro. Chi tesoro per me? Per chi tesoro io?

Ora X del mese dell'imperciossiaché

Scattano le operazioni della vigilia della festa di fondazione del collegio, che risale a circa sette secoli fa.

Grande eccitazione. Serata di addio con le grandi

dell'ultimo anno perché non le vedremo più fino alla fine dell'anno (manca un mese). Dopo una cerimonia segreta alla quale parteciperanno solo loro, spariranno per un ritiro molto speciale.

Forse le invidio, forse no, non so. Quando la strega madre si è alzata per il saluto finale, ho notato una cosa stranissima: non aveva la faccia, né quella mutante, né quella normale. Né lei, né nessun'altra sembrava essersene accorta... tutte avevano l'espressione di sempre. O tutte vedevano e nessuna fiatava?

La Tilla aveva il suo solito ghigno, la strega Vera il solito viso pensoso, la strega Camomilla la solita aria quieta...

Solo Dorotea mi guarda stravolta senza dire una parola... Avverto solo una tensione che non mi piace, ma non riesco a decifrare nulla da nulla.

Prima notte sul monte calvo

Voglio riuscire a scrivere quello che è successo in queste ultime ore. Comincerò dall'inizio e andrò per ordine.

Ieri sera appena a letto, ci è stato comunicato che non avremmo avuto nessuna sveglia fino all'alba e, per la prima volta, ci hanno chiuse a chiave nelle camerate. Io ho deciso di star sveglia, la cerimonia segreta che avrebbe avuto luogo a partire da mezzanotte occupava tutti i miei pensieri. Dopo un po' di chiacchiere, le altre si sono addormentate.

MENÙ DELL'ANNIVERSARIO DI FONDAZIONE

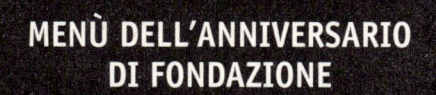

COLAZIONE
YOGURT DEL SAHARA
TÈ ALLA MENTUCCIA SERENA
PANE DI SEGALE
MARMELLATA DI SAMBUCO

PRANZO
ANTIPASTO DI CHICCHI VARI
CRÊPES AI FUNGHI LEGGERMENTE VELENOSI
ASPIC DI PESCE DEL RENO
CON SOUFFLÈ DI ALGHE FOSSILI
BAVARESE AL SEDANO-RAPA
CON SCORZONERE CANDITE

CENA
MINESTRA AL SALTO
STUFATO DI PIPISTRELLO
CON LAMPASCIONI TRIFOLATI
MORE DI GELSO

Dorotea no, voleva stare sveglia con me. È venuta nel mio letto: volevamo trovare un modo per sapere com'era la cerimonia segreta. All'improvviso il cielo è stato percorso da lampi e scosso da tuoni. Che stesse iniziando? Ci siamo alzate, in un attimo siamo state pronte, la porta chiusa non ci avrebbe fermato. Proprio in quei giorni, la strega Vera ci aveva insegnato a sciogliere le serrature... Sono come dei punti interrogativi, basta sentire con le dita dove finisce il ricciolo, tirare con gesto delicato e deciso e il ? si distende e si trasforma in !.

Abbiamo trovato ben tre serrature da aprire, ma ce l'abbiamo fatta e siamo arrivate all'aperto. Ci siamo piazzate sulla cima di un platano gigante e ci siamo messe a scrutare la notte per cercare di individuare qualche segno della cerimonia. Sapevamo che era nel bosco.

«Che ci fate voi due qui?» ci siamo sentite dire a un certo punto.

La voce era della strega Vera, ma lei dov'era?

«Non perdete tempo a cercarmi con gli occhi, e ascoltatemi. Sapete che non potete fare quello che avete in mente...»

«Ma noi vogliamo solo sapere, capire».

«E allora che possiate veramente capire!» ha detto lei, e ci siamo ritrovate trasformate in due minuscole falene, in un punto del bosco sconosciuto, nei pressi di un masso mai visto, delle dimensioni di una montagna.

Dalla cima vengono rumori, voliamo in alto per vedere.

E vediamo. Eccole le nostre compagne e le streghe, tutte. La strega madre sta parlando. Possiamo sentire e vedere, con orrore, che le è tornata la faccia, quella normale. Sta parlando dell'anniversario, del suo significato, dei secoli passati e futuri che guardano a questo collegio, del privilegio e della responsabilità, che bisogna dimostrare di essere degne, che bisogna ME...

E a questo punto la faccia ha incominciato a tremarle, la bocca le si è spalancata fino alle spalle, le ha ingoiato gli occhi e ha continuato a dire:

«... MErda... non c'è niente che dovete meritare da noi o dimostrare a noi. Sono tutte stupidaggini, credetemi. Se avete imparato qualcosa lo dovete anche a voi stesse, e a voi stesse lo dovete dimostrare e alla vita. Io, questa notte voglio solo salutarvi» ah, com'era rilassante vederle le orecchie ballare sul naso mentre gli occhi le si scambiavano di posto continuamente. «E passare con voi una notte di MI...» ed ecco la faccia riprendere l'aspetto normale, normalissimo «... MInacce... sì, voglio vedervi tremare dal terrore e sentirvi riconoscere che noi, solo noi siamo le vere, uniche, massime, assolute, impareggiabili STR...» e la faccia le si è accartocciata come un cavolo cappuccio e la lingua, saltellando sulla fronte ha continuato a dire «... STRONZE certo, e che altro? Questa è tutta una messinscena, voglio che lo sappiate, almeno voi che siete alla fine. Per il resto, cercate di seguire la vostra strada, quella che è in parte già tracciata dentro di voi e quella che tracciate voi stesse, passo dopo passo. Addio, care, aver goduto della vostra giovinezza è stato un vero sollievo per la mia vecchiaia, e vi ringrazio della generosità dimostrataci passando qui i vostri anni migliori...».

E quella faccia mutante che aveva sempre goduto, e a ragione, delle mie simpatie, della mia stima e che in alcuni momenti aveva anche il potere di intenerirmi, è esplosa in mille coriandoli colorati.

Dunque c'era qualcosa di vero nelle mie intuizioni: la faccia normale corrispondeva a un certo modo d'essere, e la faccia mutante a un altro, diverso, addirittura opposto. Era come se la faccia della strega madre...

Ma la cerimonia stava continuando. Si era messo a soffiare un forte vento che sbatteva le nostre compagne contro gli alberi, e quando il vento accennò a calmarsi ecco partire raffiche di terra e colpire le ragazze con violenza... Sarà anche stata una messinscena, ma faceva il suo effetto. E poi ecco arrivare scrosci d'acqua e abbattersi con furia sulle sventurate... fino a che non si è alzato il fuoco. Davvero non era altro che una messinscena? Dorotea e io ci tenevamo vicine e non osavamo neppure guardarci. Il fuoco avanzava, si avvicinava alle ragazze, ecco, le sfiorava, le avrebbe bruciate... Ma, ecco, non c'erano più: sparite, SPARITE, SPARITEEE!!!

E adesso?

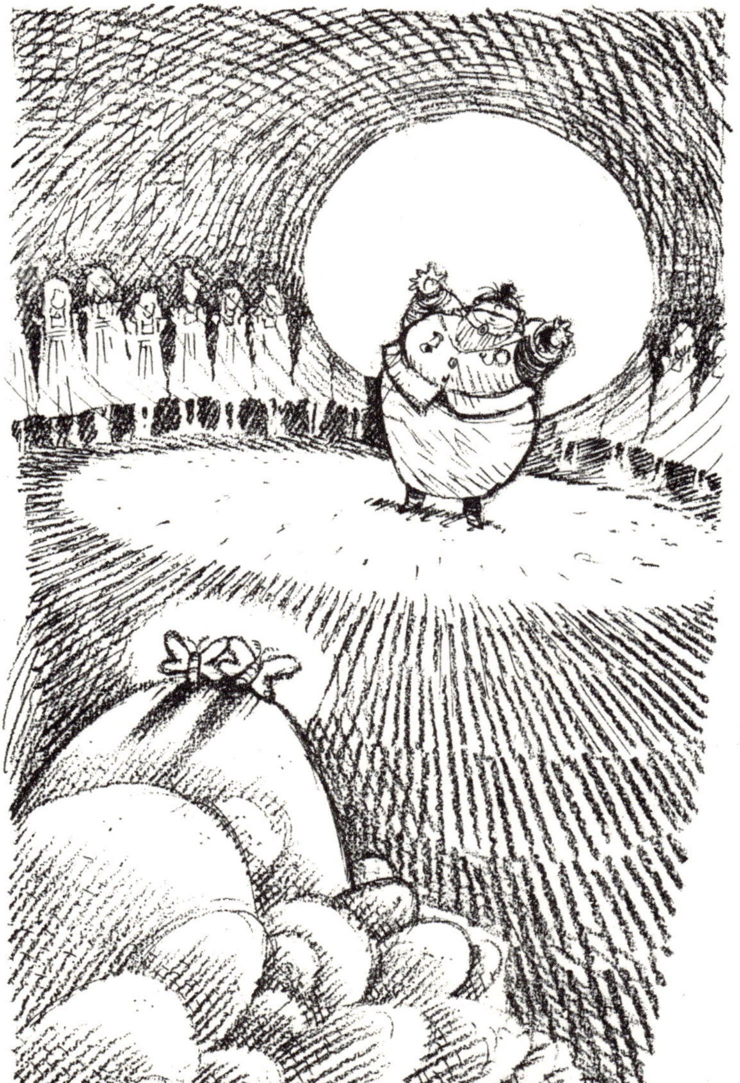

«Tra pochi secondi sarà l'alba» ci siamo sentite dire dalla voce della strega Vera, sempre invisibile. «Volate immediatamente verso i dormitori!»

E ci siamo ritrovate in un attimo nel corridoio del nostro dormitorio, in camicia da notte, ragazze.

«Dove saranno?» ho chiesto a Dorotea guardandola.

«Come saranno?» mi ha chiesto lei guardandomi.

Di giorno, non è stato facile partecipare alla festa come se niente fosse stato. Non abbiamo riso alle magie della strega Fisarmonica, e solo perché era impossibile sottrarsi, abbiamo partecipato alla tombola. Ho vinto un buono per passeggiare nel bosco, in compagnia di chi voglio. Alla tombola non ho visto né la strega madre, né la Tilla, né la strega Vera.

E le ragazze? Dove saranno? Come saranno?

Undicesima ora: 11. 11′ 11″ in punto

Con Dorotea abbiamo deciso di chiedere un incontro alla strega Vera, per cercare di liberarci da questo buco nero che abbiamo nella testa e che ingoia ogni nostra capacità di pensare.

Tredicesima colazione con delirio

Ci siamo state dalla strega Vera.

E questo è quanto:

1) la cerimonia segreta è veramente una messinscena.

Fatta per dare a tutte la convinzione di essere eccezionali, avendo vissuto qualcosa di eccezionale. Questo serve a tenere alto il nome del collegio, e a tener viva l'aria di mistero e di privilegio che lo circonda. Così è e così sarà. Prendere o lasciare. (Lei ha deciso di lasciare, ci ha confidato, e presto. Che succederà qui, senza di lei?)

2) la strega madre: è il catalogo vivente dei diversi modi di essere strega. "Faccia normale, strega banale. Faccia mutante, strega pensante"... La notte della cerimonia segreta la faccia della strega madre è stata teatro dello scontro tra i due modi opposti di essere strega.

3) le ragazze: sono al sicuro, solo hanno un altro aspetto. Quale?

Ma è suonata la campana della cena, e abbiamo dovuto scappar via per non finire nella bacheca della Tilla, "DIGIUNANDO SI IMPARA".

Dolce e chiara la notte e senza vento

Avevo bisogno di pensare e ho utilizzato il mio premio della tombola: passeggiata nel bosco con Dorotea. La Tilla non ci risparmia le sue frecciate, ma chi la teme più quella?!?

Nel bosco con Dorotea è stato bellissimo. Con lei potrei parlare per tutta la vita, e ci resterebbe ancora un sacco di cose da dirci. E potremmo anche tacere per tutta la vita, ci capiremmo lo stesso.

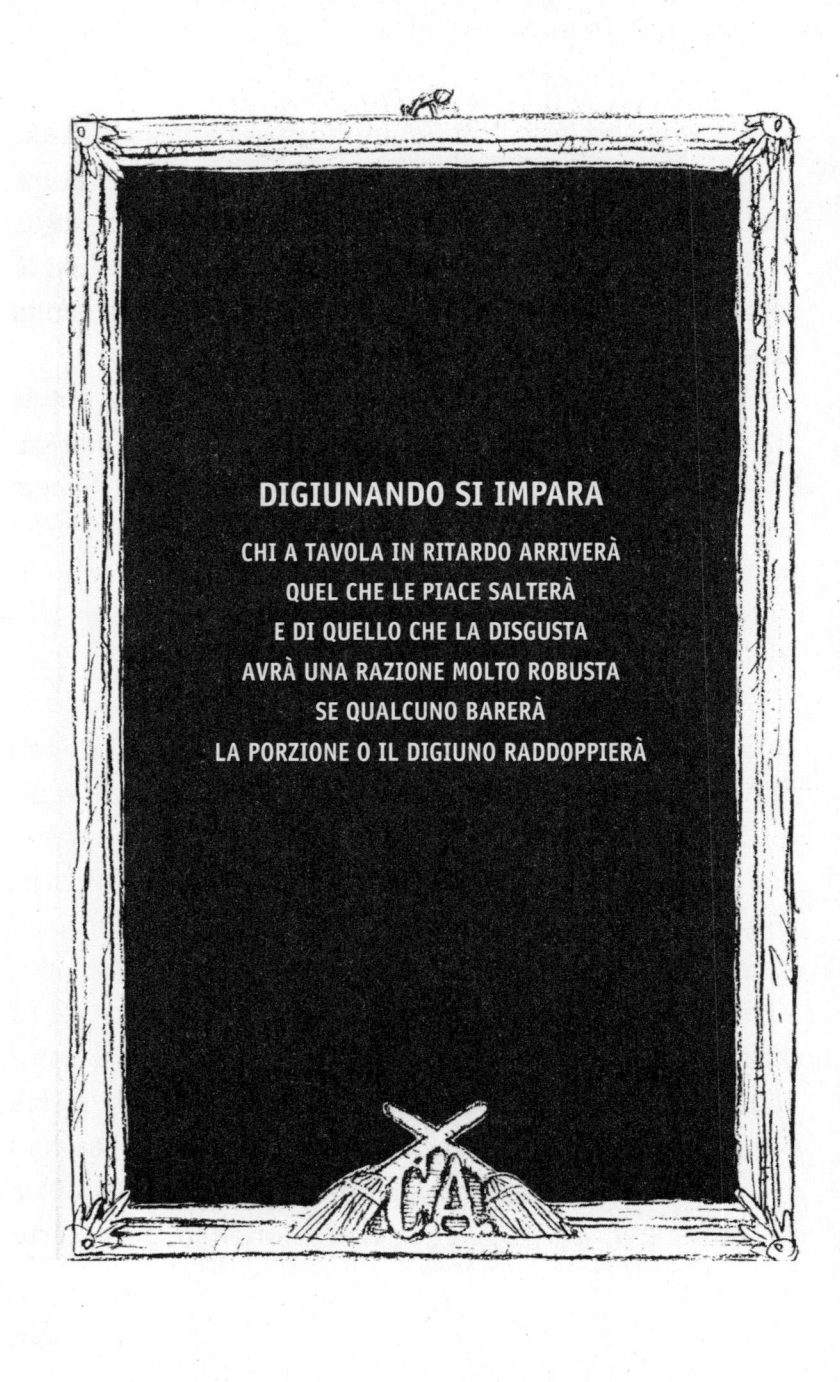

DIGIUNANDO SI IMPARA

CHI A TAVOLA IN RITARDO ARRIVERÀ
QUEL CHE LE PIACE SALTERÀ
E DI QUELLO CHE LA DISGUSTA
AVRÀ UNA RAZIONE MOLTO ROBUSTA
SE QUALCUNO BARERÀ
LA PORZIONE O IL DIGIUNO RADDOPPIERÀ

Gli avvenimenti di questi ultimi giorni ci hanno sconvolto, le rivelazioni della strega Vera hanno aumentato il nostro disagio. Ma ci sono ancora troppe cose che non sappiamo...

Girovagando a caso siamo arrivate in un posto che ci è sembrato di riconoscere... sì, al masso dove si era svolta la cerimonia segreta...

«E come ci siete arrivate fin qua?» è la strega Cristofora che ce lo chiede, mentre noi ci chiediamo come mai sta uscendo da una specie di grotta alla base del masso. «Sapete che è pericoloso avventurarsi nei pressi della Roccia del Precipitato...»

Le mostro il mio permesso speciale e le chiedo perché è pericoloso il posto in cui siamo.

Ci racconta una strana storia:

«... Qualche secolo fa pare sia passato di qua, in una notte buia e tempestosa, a cavallo di un cavallo nero un cavaliere nero, nemico degli dèi, dei demoni e degli uomini. Sua unica passione: se stesso e il suo cavallo. Ma quella era una di quelle notti in cui avere solo se stessi e un cavallo su cui contare è ben poca cosa, possono non bastare per arrivare al mattino vivi. E infatti, mentre veloce come il vento passava da queste parti, proprio sopra questo masso, per colpa di un ramo che era andato a sbattergli sulla faccia perse l'equilibrio, diede uno strattone alle redini, il cavallo si impennò, scivolò sui sassi bagnati e, trascinando con sé il cavaliere, rotolò giù dalla roccia. Morirono, pare, certo è che i loro corpi non furono mai ritrovati. Qualcuno dice che, appena prima di toccare terra, il cavaliere riuscì a riprendere il controllo di se stesso e della sua cavalcatura, e gli ordinò di volare. E da allora, se nelle notti buie e tempestose le nuvole nere consentissero di vedere alcunché, si scorgerebbe tra un lampo e un tuono un cavaliere nero a cavallo di un ippogrifo nero che vola minaccioso in cerca di qualcosa... qualcuno dice della pace, altri dicono di belle e giovani fanciulle da portare nel regno delle tenebre per illuminarlo e rallegrarlo... Per questo è comunque pericoloso per giovani e belle fanciulle aggirarsi nei paraggi della Roccia del Precipitato...».

Poi ci ha chiesto di rientrare con lei e ci ha fatto promettere che non diremo a nessuno d'averla vista "là" con quelle grandi ceste vuote.

Già, perché le aveva?

Ottava luna senza i falò

Con Dorotea ancora nel bosco.

Vogliamo tornare alla Roccia malfamata. Per quanti giri facciamo, non riusciamo a ritrovarla. La cosa ci insospettisce.

Comunque ho deciso: voglio diventare davvero una strega, e al più presto, è l'unica strada di salvezza!

Anche Dorotea è d'accordo. Incominceremo a fare le prove seriamente.

Le robinie sono fiorite e sono una bellezza.

Tredicesima tenera notte

Ho bisogno di sapere se e come si può rimanere uguali cambiando. Cos'è che rimane me, pur diventando un'altra, come posso dire "io" pur essendo diversa, essere diversa e sentire che sono ancora "io".

Perché Dorotea e io abbiamo capito che il vero problema, il vero potere, sta nel trasformare se stesse. E questo a noi interessa. Questo è per noi "essere streghe": riuscire a vivere più vite. E questo vogliamo.

Ne abbiamo parlato con la strega Vera, e ci ha promesso il suo aiuto. Ci ha consigliato di provare, visto che siamo in due. In casi come questi è molto utile avere un complice, qualcuno con cui condividere il proprio segreto e in grado di riconoscerci sempre, qualunque sia il nostro aspetto.

Meglio iniziare a trasformarci una per volta, una si trasforma e l'altra controlla e fa in qualche modo da specchio e da correttore. Lei ricorda topi con creste di gallo e code di cavallo, farfalle con corna di mucca e aquile con ali di libellula... un vero guaio: si dà subito nell'occhio!

Quando avremo acquistato una certa esperienza, potremo trasformarci in contemporanea.

Chissà com'è vivere come pesce, come ragno o come filo d'erba... chissà se le regole cambiano e come...

La strega Vera ci ha confidato che lei da ragazza si è trasformata quasi in tutto, e che le è servito moltissimo per capire di quanti mondi è fatto il mondo, di quante vite la vita, e quale filo segreto le lega tutte. Anche lei provava con un'amica, che adesso vive dall'altro capo della Terra... ma è con lei che ha condiviso la vita, nonostante la lontananza, più che con tante persone con le quali è stata gomito a gomito...

Dorotea le ha chiesto qual è stata la sua trasformazione preferita. E lei ha risposto che non era in grado di dirlo, ma che le è capitato spesso di pensare che vivere sotto forma di esemplare del genere umano non è sempre il modo migliore e più alto di vivere.

Siamo venute via con la testa ubriaca. Ma contente di avere incontrato una come lei!

Gli dèi ce la dovevano.

Diciottesima silenziosa luna in ciel

Viviamo ormai solo per la trasformazione di noi stesse. Facciamo tutto il resto come degli automi, e il colmo è che ci trovano migliorate, persino la Tilla...

«I miei metodi funzionano...» blatera.

Poveraccia! Se riuscissi, anche solo una volta, a sentirmi, e a dire "io" non con questo corpo soltanto.

Ventinovesime vaghe stelle dell'orsa

Ho inventato una scusa per fare il bagno nella vasca. E ho provato a essere pesce. Sono stata salmone, orata, spinarello, pesce di San Pietro, pesce luna, pescegatto e

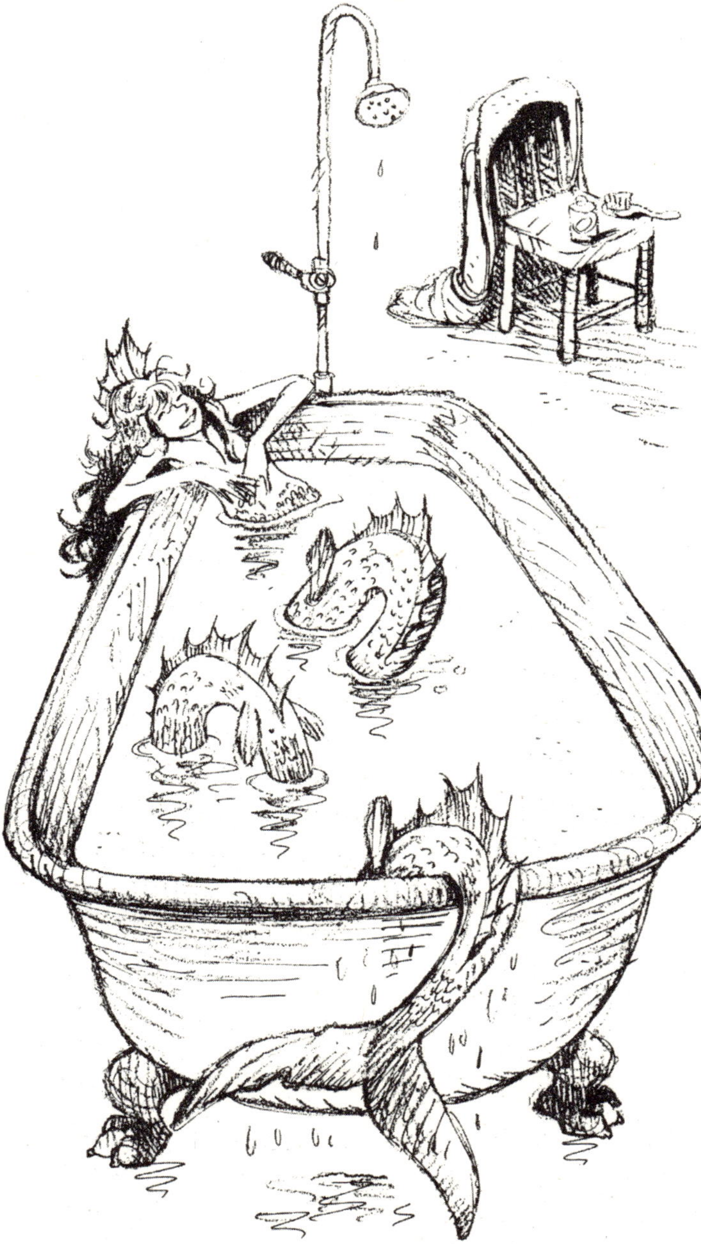

pescecane, un pescecanino... E sotto la doccia sono stata tiglio e mimosa, acero e noce, tasso e barbasso...

La strega Camomilla aveva uno strano modo di guardarmi, dopo... E questa notte sono stata lucciola civetta gufo e barbagianni...

Il posto delle fragole e altro

Pensiamo di essere pronte a fare le prove insieme. Cominceremo oggi pomeriggio, quando andremo nel bosco, sempre col mio buono della tombola.

Pomeriggio indimenticabile!

Sono stata lucertola. Una lucertola su un sasso caldo di sole... Non pensavo che bastasse un sasso caldo di sole a migliorare tanto la vita! Essere stata prima un umano non si è rivelato molto utile per vivere da lucertola, ma credo che essere stata lucertola adesso cambierà il mio modo di essere umano.

Dorotea è stata colibrì topazio: ha proprio la mania di volare! Ma la vera sorpresa di oggi è un'altra: girovagando sotto forma di lucertola e di colibrì abbiamo ritrovato la Roccia del Precipitato e rivisto la strega Cristofora uscire dalla stessa grotta con i cesti vuoti. Questa volta nessuno poteva impedirci niente: siamo entrate da dove lei è uscita e... e... e... ABBIAMO RITROVATO LE NOSTRE COMPAGNE, le grandi sparite durante la cerimonia segreta. Ne siamo sicure, anche se non hanno l'aspetto di ragazze. Ma la strega Vera ci aveva detto che erano state trasformate. Bene, sono state trasformate in salamandre! Sono loro nascoste nel cuore della Roccia, semiaddormentate.

Risalendo la grotta dall'interno fino ad arrivare in alto, abbiamo visto che, attraverso una botola, l'esterno e l'interno della Roccia sono in comunicazione.

La Roccia dentro è cavernosa, e un grande scivolo mette in comunicazione la sommità con la base. Nel momento cruciale del fuoco, qualcuno avrà aperto la botola e loro sono scivolate giù! Giù ci saranno arrivate stordite e qualcuno avrà provveduto a trasformarle e a mantenerle in questo stato di semicoscienza. Non dev'essere una magia complicata. E la strega Cristofora viene a portar loro da bere e da mangiare...

Senza mutare aspetto, siamo andate a cercare la strega Vera, che ha confermato le nostre ipotesi. E dopo?

«L'incantesimo del sonno e della salamandra verrà tolto e, anche se la loro memoria conserverà qualche traccia di questo letargo, non saranno mai in grado di parlarne, come succede di tanti sogni, o incubi».

Ennesima stronzata!
Accidenti, la campana dello studio! Abbiamo dovuto ritrasformarci in fretta e furia... chiazze di pelle di lucertola

mi sono rimaste sul collo e una zampina minuta sostituiva la mia mano destra… Con l'aiuto di Dorotea ce l'ho fatta, e io ho aiutato lei a liberarsi di quelle due penne lunghissime che le stavano comunque benissimo.

«Avete fatto tardi un'altra volta» ci ha investito la Tilla appena ci ha visto comparire sulla porta dell'aula di studio. «Vi ho diviso di notte, vi dividerò anche di giorno!» ha gracchiato farfugliando, la cornacchia malefica.

Faccia pure. Ha i giorni contati.

Fino all'ultimo respiro

Siamo alla fine dell'anno. Tutte parlano della festa dell'ultima notte, quando, dopo la sveglia di mezzanotte, invece di tornare a letto ci si dà ai giochi di magia. Si trasforma il dentifricio in crema, lo shampoo in panna montata, il lucido da scarpe in cioccolata, il borotalco in zucchero, le salviette in pan di spagna e si fa lo spuntino di addio…

Elisabetta E. E. dice che non ci sta se qualcuno non pensa ai baicoli, i biscotti dei dogi di Venezia. Qui si vedono la classe e la nobiltà!… Le ho suggerito di provarci con le suole delle scarpe… Loro si divertono, ma Dorotea e io siamo definitivamente su un'altra lunghezza d'onda.

Estate

Nella stagione
della luce calda
delle angurie mature
e degli scorpioni sui muri

Ventiquattresima notte con mezzo sogno d'estate

La strega Vera sa che sappiamo, ormai, e sa anche della nostra decisione. Non torneremo indietro. Lei è d'accordo.

Primo via col vento

È il penultimo giorno qui, per le altre, ma io e Dorotea ce ne andremo un po' prima. Ultima notte e ultima sveglia per noi: una palla di gomma piuma che rotola nel corridoio del piano superiore.

Ultima domanda della notte: «Quale strumento musicale vorresti essere?».

«La voce».

Ultima notte... con un'ultima cosa da fare. Mentre tutte dormono, facciamo in modo che rimanga un segno di noi, che diventi visibile appena noi ce ne saremo andate. Predisponiamo tutto con cura e poi, un po' eccitate, torniamo a letto.

La sveglia del mattino ci riserva una sorpresa: le grandi, ritornate ragazze, sono nei loro letti. La meraviglia di rivederle è generale, anche se la mia e quella di Dorotea sono un po' diverse da quella delle altre. Vengono assalite da mille domande. Ma non da Dorotea e da me: sappiamo che non hanno risposte da dare. E poi non c'è tempo. Abbiamo l'ultima doccia e l'ultima discesa di scale per l'ultima colazione... ma noi al refettorio non arriveremo. Alla prima finestra ci daremo la mano e via. Nessuno farà caso a due coccinelle in più... e quando qualcuno si accorgerà di due educande in meno, la cosa non ci riguarderà più, saremo altre e altrove...

Nessun bagaglio. Meglio viaggiare leggere. Non porterò neppure il mio diario.

Addio, amico, e grazie. Sta' tranquillo e rimani dove sei.

Se qualcuno vorrà leggerti, e se ti sembra rientri tra coloro ai quali ti ho dedicato, non fare resistenza, tanto, io, il mio segreto lo porto via con me...

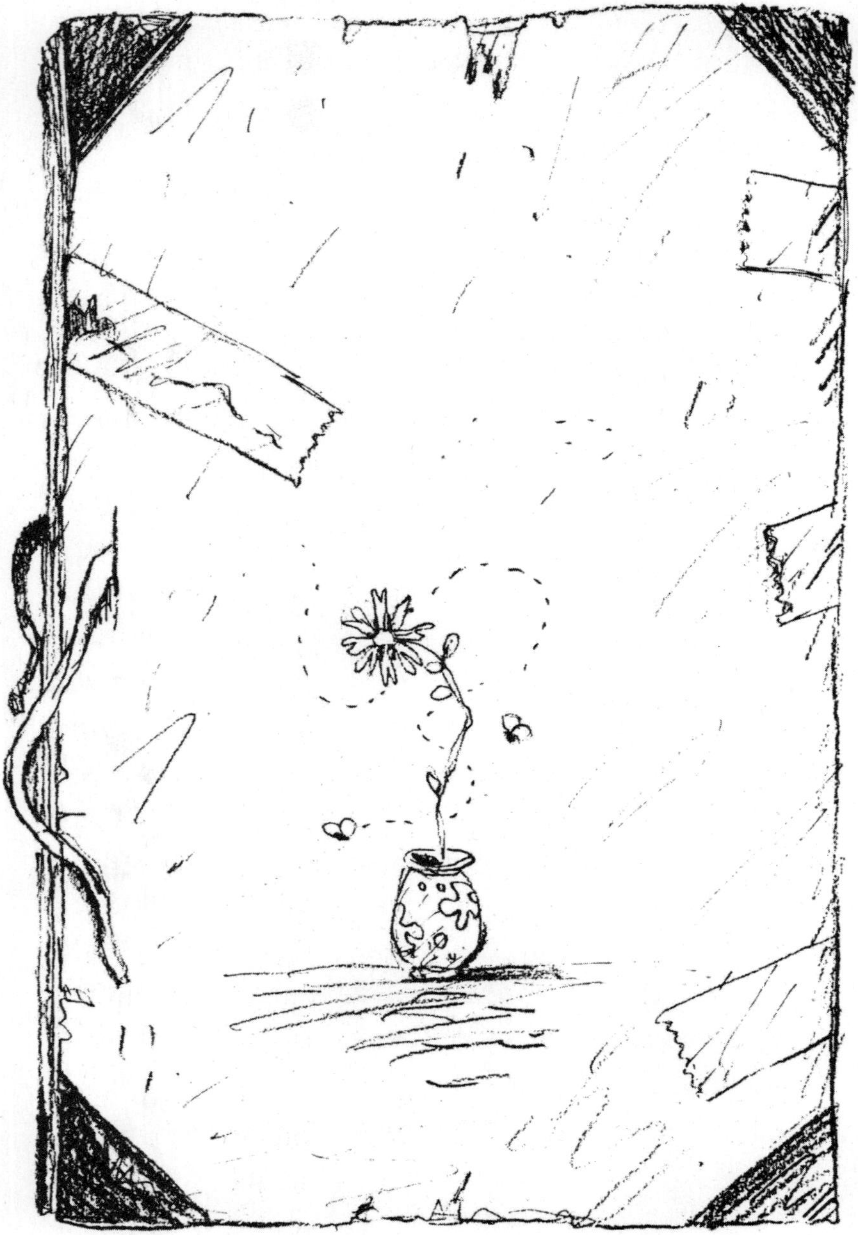

Cap. 3

CATERINA DOPO...

Avevo appena chiuso il quaderno quando mi sono vista davanti il nonno.

«È ora di cena, Caterina. Ti sei lasciata talmente prendere dalla lettura, che non ti sei neppure accorta che si è fatta sera. Vieni, ho preparato il risotto con gli asparagi selvatici!» e, avviandosi verso casa, ha continuato: «So che sulle streghe girano le opinioni più disparate e contrastanti, che molti sono arrivati a sostenere che neppure esistono. Bene, io sono di opinione nettamente contraria. Io non dico che "credo" che le streghe esistano, così come non dico che "credo" che l'acqua sia bagnata. Perché io "so" che le streghe esistono, esattamente come "so" che l'acqua è bagnata. E questo diario è, secondo me, un'altra prova a favore dell'esistenza delle streghe. Sei d'accordo anche tu, Caterina, o...» mi ha chiesto, girandosi a guardarmi, mentre raccoglieva qualche foglia di menta e di melissa. «Queste le mettiamo nella brocca dell'acqua, la aromatizzano» mi ha spiegato.

«Sì, sono d'accordo. Sulle streghe e sulle foglie nell'acqua, voglio dire!»

«Allora forse ti interessa anche sapere come va a finire la storia del collegio e delle coccinelle?!? Ma prima mangiamo il risotto, sarebbe un vero peccato mangiarlo scotto. Ti servirò la storia dopo, con l'insalata...»

Il risotto era davvero squisito:

«Senti come gli asparagi selvatici gli conferiscono una leggera punta di amarognolo che il parmigiano abbondante esalta e tempera al tempo stesso?» mi ha spiegato il nonno, mentre dava una porzione di risotto anche a Schopenhauer e ne faceva assaggiare un po' a Diana, dicendole che quello per lei era solo un antipasto, perché conosceva la sua golosità, la zuppa gliela avrebbe preparata più tardi, come al solito...

Dopo il risotto, il nonno ha messo in tavola l'insalata dell'orto:

«Ho aggiunto qualche pezzetto di mela, le foglie giovani del cavolo nero e i pinoli appena tostati nell'olio». Mi ha guardato: «Sta' tranquilla non è una ricetta del collegio che ormai conosci. Me l'ha insegnata un mio amico, cuoco e giardiniere».

Ci stavano proprio bene insieme quei sapori.

«Ma sul mio piatto c'è ancora posto...» ho detto al nonno.

«Già, la storia!» si è ricordato lui e, appoggiandosi allo schienale della sedia, ha incominciato: «Allora... Appena le nostre amiche si furono mutate in coccinelle, scattò il piano da loro preparato per lasciare un "segno" e lo spazio del *collegio diventò mutante. Avevano praticamente trasmesso le caratteristiche della faccia mutante della strega madre agli spazi del collegio: ogni cosa non al proprio posto e nessun posto per ogni cosa... E le scale si riempirono d'acqua come vasche da bagno, i corridoi si avvitarono su se stessi, i muri si misero ad andare su e giù come tende... si era in un posto e ci si trovava in un altro, uno pensava di essere al gabinetto e si comportava di conseguenza e si trovava in classe... le scale non scalavano, i muri non muravano, i pavimenti non pavimentavano, le porte non portavano, i cessi non cessavano, le cucine non cucinavano, i rubinetti non rubinettavano... Non un punto fermo, non una funzione che corrispondesse a un certo spazio e viceversa, secondo logica! Sconcertante, per noi sicuramente. Ma le educande, ormai abituate alle trasformazioni, dopo qualche attimo di smarrimento, trovarono la cosa molto divertente.*

Le streghe, a loro volta, non furono né stupite, né spaventate... Quel che veramente le inquietava, e possiamo immaginare chi in particolare, non era tanto lo spazio mutante, quanto che fosse successo a loro insaputa.

Chi e che cosa era sfuggito al controllo?

Radunarono immediatamente le ragazze, e non fu impresa da poco con lo spazio che andava di qua e di là e cambiava continuamente... Faticosamente giunsero alla conclusione che due mancavano. QUELLE DUE. Un caso? La strega madre convocò la strega Vera per sapere fino a che punto si era spinta con il laboratorio di trasformazione. Ma la strega Vera fu introvabile ("aveva lasciato"... L'aveva preannunciato, ricordi?).

La Tilla, la chiameremo anche noi così, a quel punto esplose con un tonante:

'Sono secoli che dico che quella Vera stava lavorando per la nostra rovina, che non c'era da fidarsi, che affidarle il laboratorio di trasformazione era pericolosissimo... "DIFFIDANDO SI IMPARA", cara Madre, ma ormai è troppo tardi anche per una bacheca...'.

Era davvero troppo tardi per tante cose. Bisognava comunque, assolutamente, far ricomparire le due ragazze. Furono messi in atto incantesimi e sortilegi di ogni sorta. Inutilmente. Nulla ormai aveva più potere su di loro. E nessuno faceva caso a due coccinelle che, svolicchiando qua e là, ridevano a crepapelle.

Ad aggravare la situazione, incominciarono ad arrivare anche i genitori, per prendere le rispettive figlie. Quello scombinamento di spazi fu giustificato come il frutto della festa di fine corso e come una specie di saggio dal vero che le ragazze avevano voluto dare delle loro abilità magiche. 'Magnifico', 'Fantastico', 'Strabiliante', 'Davvero stupefacente», 'Non avremmo mai sperato tanto'... si sdilinquirono i genitori ma, quasi tutti, appena saliti in macchina con le loro figliole tirarono fuori un tassativo:

'Che non ti venga in mente di fare robe di questo genere

a casa, intesi, cara? Grazie della dimostrazione, ma che resti qui. Chiaro?'.

Arrivarono anche i genitori della nostra amica, l'autrice del diario...»

«Guia Esperia» feci io.

«Lei!» convenne lui, con un vago sorriso e un velo di tenerezza, e poi riprese: «Mentre parcheggiavano, la madre aprì il finestrino e allungando la mano verso lo specchietto retrovisore in modo che la coccinella che vi si era posata potesse salirle sul dito, esclamò:

'Ciao, che piacere vederti! Sei stata carina a venirci incontro... E come ti dona quel vestitino rosso a piccoli pois neri... Sai che non mi ricordavo d'avertelo dato per il collegio?!?...'.

La coccinella volò poi sulla barba di suo padre e tutti e tre entrarono per salutare.

'Benvenuti, sono la strega madre, e devo comunicarvi che vostra figlia...' incominciò a dire la strega madre con la faccia normale, faccia che ormai aveva sempre.

'Non si preoccupi, siamo già al corrente, grazie!' la interruppe la mamma della nostra amica. 'Mi dica, piuttosto, come mai oggi si è messa questa terribile faccia normale?... Sa che mi fa impressione? Se non si fosse presentata, non l'avrei nemmeno riconosciuta... Non trovi anche tu, caro, che l'altra le donasse molto, molto di più?!? Era, come dire, più affidabile, sì, più affidabile... La ritrovi, la prego, e se la

rimetta! Comunque, grazie di tutto, buona estate e arr...'
ma non poté proseguire perché la coccinella le era entrata
nella bocca.

Il padre della nostra amica strinse la mano alla strega
madre semi-interdetta e poi guidò sua moglie verso l'uscita.

Appena fuori, la coccinella uscì dalla bocca di sua madre:

'Che cosa stavi dicendo? Io qui non ci torno, sia chiaro!
Arrivederci un bel corno!!!' gridò con tutto il fiato che una
coccinella può avere.

'Be', finché la strega madre ha quella faccia non mi pare
proprio il caso' disse serio suo padre.

'Mi pare tu abbia ragione, caro' convenne anche sua
madre, e tutti e tre si misero a ridere.

Anche sullo specchietto della macchina dei genitori di
Dorotea c'era una coccinella. Nessuno le fece caso. Anche
loro andarono dalla strega madre, anche loro accompagnati
da una coccinella. A cui nessuno faceva caso.

'Mi fa molto piacere che le sia passato quel disturbo al
viso!' la mamma di Dorotea si complimentò immediatamente con la strega madre notandole la faccia normale.
'Adesso sì che posso parlarle sicura di essere capita, ed
essere sicura di quel che mi dice... prima non sapevo mai
come regolarmi... e la cosa mi metteva molto a disagio.
Ma ora, grazie a Dio, ha un aspetto del tutto normale e
non sa quanto la cosa mi rassicuri! Comunque, senta, noi
avremmo bisogno di un favore: potrebbe ospitare la nostra

bambina ancora per una settimana? Abbiamo un impegno irrinunciabile... credo che lei possa capire. Se è d'accordo, facciamo un salutino al nostro tesoro, e poi ce ne andiamo. Potrebbe farcela chiamare, per favore?'

La strega madre era in imbarazzo. Alla richiesta di un'altra settimana di soggiorno aveva tirato un sospiro di sollievo, che era stato però subito represso dall'idea del "salutino"...

"Mandare a chiamare Dorotea, certo, ma dove?" pensava la strega madre preoccupata, quando la vista di una coccinella appoggiata sul campanello le fece venire un'idea... chissà se l'avrebbero bevuta? D'altra parte, non aveva scampo. Provò: 'Vedete, la vostra figliola si è così appassionata al laboratorio di trasformazione che... mmmm... insomma, eccola!' e indicò la coccinella sul campanello.

La madre di Dorotea non fece una piega e, rivolta alla coccinella, disse con voce indisponente:

'Sei la solita cialtrona! Non cambierai mai! Ci sono delle raffinatissime coccinelle amaranto, ma figurati se tu non vai a scegliere il rosso! Eppure ti ho detto mille volte che il rosso ti dà un'aria volgare... e a pois neri poi, orribile, orribile!!! Lo fai solo per farmi dispetto, lo so! Vuoi proprio vedermi morire... Ah, la mia emicrania!...' e aprì la borsetta per prendere la sua inseparabile borsa del ghiaccio e se la mise sulla testa, sotto il cappello ornato di frutta esotica e con una peonia gigante... 'Dille qualcosa anche tu, ti prego! Che rimetta giudizio...' chiese a suo marito.

'Visto che ti sono spuntate le ali, vola bambina!' era forse la prima volta che il padre di Dorotea diceva, di fronte a sua moglie, quello che veramente pensava...

'Non ti far trovare con quell'abito addosso, almeno, quando torniamo a prenderti tra una settimana!' le gridò dietro sua madre.

Ma la coccinella Dorotea era già volata via... Ora vuoi della frutta, Caterina? O preferisci una fetta della mia crostata al rabarbaro?» mi ha chiesto il nonno a questo punto.

«Al rabarbaro? Ma sarà amara!»

«Qui niente è amaro, bambina, tranne quello che non ne può proprio fare a meno. E la crostata può benissimo farne a meno, te lo assicuro...»

Avrebbe convinto chiunque il nonno con quella voce.

Ho preso un boccone di crostata e l'ho assaggiato: nemmeno l'ombra dell'amaro.

«È sempre una ricetta del tuo amico cuoco e giardiniere?» ho chiesto.

«No, questa l'ho imparata da una coccinella, insieme a quella del "matricale", e alle caramelle alla radice di genziana...»

«Una coccinella? Una di quelle due, vuoi dire? E come le hai incontrate? E che aspetto avevano? Erano ancora coccinelle?»

«Calma, calma. Una coccinella per volta... Allora ti dirò che Dorotea, per via di quella frase di suo padre, quel "Vola, bambina!", è tornata spesso a trovare i suoi genitori e, per non complicare le cose, si è sempre presentata loro sotto forma di ragazza.

'Quando ti deciderai a fare una vita normale, come tutte?!?' si lamentava comunque sua madre ogni volta che la vedeva. 'Vuoi proprio farla morire la tua povera mamma... Ah, la mia emicrania!' e si metteva la sua solita borsa del ghiaccio sulla testa.

Guia Esperia, invece, poteva permettersi di andare e venire da casa sua, quando e come le capitava, anche sotto gli aspetti più strani. Tanto la riconoscevano in ogni modo ed era sempre la benvenuta. Figurati che un giorno si è presentata sotto forma di formica in una interminabile fila di formiche tutte uguali:

'È quella lì che fa le smorfie!... Ha sempre avuto un gran talento per le smorfie!' l'ha riconosciuta e salutata entusiasta sua madre, chiamando a gran voce i gemellini, il marito e la nonna per festeggiarla, con la nonna che sprizzava soddisfazione e diceva:

'Ah, non c'è proprio paragone fra le abilità di mia nipote e quel pezzo di marmo dell'Elisabetta Elena Elettra... La De Putiis schiatterà di invidia quando lo saprà...'».

(La De Putiis, in realtà, mi ha informato il nonno, è già schiattata da tempo, non per invidia, ma per vergogna: bancarotta del suo primogenito e fuga della nipote, proprio l'Elisabetta E. E., con tutta quella classe e quell'educazione, con un poco di buono senz'arte né parte che in casa non vogliono neanche sentir nominare.)

«Insomma,» ha proseguito il nonno «ti posso dare per certo che quelle due hanno provato infinitamente la vita... e so che sono state nuvola, neve, onda e cascata, profilo di bosco e luce d'inverno, domanda e abbraccio, carezza e silenzio, tondo di luna e alito di vento, fiato sui vetri e battito d'ala... fedeli al loro desiderio, a volte insieme e a volte sole, solidali con tutto quel che è vivo, e anche con tutto quello che vivo non è più...» e a questo punto la voce del nonno, prima ridente e misteriosa, si è incrinata...

«Le hai conosciute proprio bene tu, quelle due» ho detto piano io, dopo qualche minuto di silenzio, cercando di tener lontana, almeno per un po', una sorta di tristezza che sentivo avvicinarsi. «Sono esistite davvero dunque, e quel diario non è un'invenzione fantastica ma...»

«Sai» mi ha interrotto il nonno, protendendosi verso di me attraverso il tavolo per sussurrarmi con aria di nuovo allegra e misteriosa. «Una di loro mi ha amato...»

«E tu?»

«Anch'io l'ho amata. Ma soprattutto mi sono lasciato amare, come spesso fanno gli uomini...»

«Con le donne o con le coccinelle?» anche nella mia voce c'erano allegria e mistero.

«Siete sempre voi che amate di più, credo, e noi ce ne accorgiamo solo dopo, se ce ne accorgiamo...»

«Dopo cosa?»
«Dopo. Adesso che lei non c'è più...»
«"Lei"? Ma allora vuoi dire che...?»
«Sì, allora voglio dire che».
«Che la nonnastra era...»
«Che la nonnastra era».
«Una delle due coccinelle...»
«Una delle due coccinelle».
«E quale delle due?»
«Secondo te?» il nonno mi ha sfidato a indovinare.
«Guia Esperia!» mi sono ritrovata a dire, d'istinto.
«Guia Esperia» ha ammesso lui, contento che avessi indovinato.
«Guia Esperia, la nonnastra!» ho proclamato allora a gran voce.

Il nonno si è messo a ridere.

«Guia Esperia, lei, la mia nonnastra strega!» ho esclamato ancora ad alta voce e, dopo qualche secondo di silenzio, mi sono sentita dire, adagio e seria: «Avrei potuto volerle bene, nonno...».

«Siamo ancora in tempo, bambina! Ti direbbe lei...»

Ma abbiamo sentito una finestra sbattere, una finestra dello studio probabilmente.

Il nonno si è alzato per andare a chiuderla. Io l'ho seguito.

Dopo aver chiuso la finestra, il nonno si è girato verso di me e ha incominciato a dire, forse più a se stesso che a me:

«Ora posso incominciare il mio inverno e concludere così il ciclo delle stagioni. Il titolo sarà: Inverno con fanciulla...».

«E chi sarà la fanciulla?» gli ho chiesto a bassa voce.

«La nipotastra della nonnastra...» mi ha risposto lui con lo stesso tono di voce basso, mescolando allegria e mistero. «Che mi dici... vuoi?»

Vorrò. E se a questo punto dichiarassi d'aver visto una coccinella baciare il nonno sulla bocca, qualcuno mi crederà?

E qualcuno crederà che ogni volta che incontro una coccinella, da allora, mi succede qualcosa di straordinario...?

Cap. 4

APPENDICE
(FOGLI TROVATI NEL DIARIO)

COLLEGIUM ANGELICUM
Scuola di streghe per streghe

Test Psicoattitudinale a prova di strega
Domande della notte

Scheda personale di: _____

nata il: _____

anni di frequenza del nostro Istituto: _____

Domande della notte dell'anno:

Che animale vorresti essere?
a – cobra
b – volpe
c – pantera
d – pulcino
e – altro

Vorresti essere fatta di:
a – terra
b – acqua
c – fuoco
d – aria
e – altro

Di che colore vorresti essere?
a – nero
b – rosso

c – giallo
d – rosa
e – altro

Preferiresti vederti muovere:
a – strisciando
b – saltando
c – guizzando
d – camminando
e – altro

Quale strumento musicale vorresti essere?
a – flauto
b – violino
c – batteria
d – pianoforte
e – altro

Che cosa ti fa veramente paura?
a – un rumore improvviso
b – un silenzio perfetto
c – tutto quello che muore
d – la notte
e – altro

Se potessi scegliere il tuo sesso, sceglieresti:
a – femminile
b – maschile
c – neutro
d – misto
e – ambedue

GRIGLIA DI VALUTAZIONE DEL TEST

Redatta dalla Commissione Psico-Pedagogica-Alchemica dell'Istituto, per interpretare le risposte e il loro significato ai fini di una valutazione psico-attitudo-caratteriale personalizzata della quale tener conto per mirare l'intervento educativo

- **DOMINANZA DI RISPOSTE: A e/o B e/o C**

Da questo ordine di risposte emerge il profilo di un soggetto portato sia alla stregoneria sia alla normalità. Molto, moltissimo, qui dipende dall'educazione. Ma la componente binaria che caratterizza il soggetto non potrà mai essere eliminata. Vale a dire che se il soggetto farà scelte indirizzate verso la normalità, conserverà comunque un doppio fondo, un'anima segreta in grado di ispirargli atteggiamenti atipici, comportamenti al di fuori della norma, momenti di trasgressione. Ma, appunto momenti.

Se il soggetto farà scelte più indirizzate verso la stregoneria, darà vita in ogni caso a un tipo di strega nella norma, ligia ai Sacri Testi della Stregoneria, legata alla Tradizione e ai Principi millenari della Stregoneria più Ortodossa.

Nell'uno e nell'altro caso, questi sono soggetti che vanno seguiti applicando tutte le regole del metodo classico e i principi finora incontrastati e mai smentiti di ogni processo educativo, riassumibili nei noti: "Bastone e carota" – "Un colpo al cerchio e uno alla botte" – "Tanto va la gatta al lardo che ci lascia lo zampino" – "Meglio pianga tu (educanda) oggi, che io (educatore) domani"– e "Non serve piangere sul latte versato".

Sappiano ancora le educatrici che dalla schiera di questi soggetti viene il numero più consistente di streghe, e di streghe "normali", quelle che costituiscono l'ossatura più autentica della categoria delle streghe e l'inossidabile garanzia della sua durata.

• DOMINANZA DI RISPOSTE: D

Da questo ordine di risposte emerge il profilo di un soggetto portato molto più alla normalità che alla stregoneria. Poco varranno qui l'educazione e la formazione: non si può sovvertire la natura.

Prendere in considerazione l'opportunità di consigliare alla famiglia un'altra scuola (nel caso che il nostro Istituto abbia più richieste di ammissione che disponibilità di posti) o mantenere l'educanda iscritta, chiedendo ai genitori un congruo supplemento di retta per lezioni personalizzate. Dare l'impressione di avere il caso particolarmente a cuore è un atteggiamento sempre molto fruttuoso, almeno dal punto di vista economico, aspetto che non va mai trascurato per l'immagine di un'istituzione. Attenzione però, perché con i soggetti in età pre- e adolescenziale, soprattutto se femmine, non si può mai dire d'aver fatto centro e d'aver colto perfettamente e definitivamente il loro essere. Vigilare dunque, perché anche da questi soggetti apparentemente votati alla normalità potrebbero venire sorprendenti sorprese.

• DOMINANZA DI RISPOSTE: E

Da questo ordine di risposte emerge il profilo di un soggetto indefinibile, imprendibile, sfuggente, che va sempre oltre i sentieri indicati, da altri già tracciati e percorsi. Soggetti attratti dall'ignoto, dall'insolito, dal fantastico. Sono i soggetti insieme più pericolosi e promettenti. Hanno una vocazione speciale per non stare nel gruppo. E, se costretti a stare nel gruppo, camminano comunque con il loro passo e il loro ritmo.

Qui si nascondono le "migliori" e le "peggiori", quelle che qualunque sia il metodo educativo, sortiranno esiti imprevedibili e spesso clamorosi, nel bene e nel male. Qui si celano coloro che sovvertono le regole, chi per il mero gusto di farlo, chi per esplorare nuove possibilità. Qui si celano "le non ubbidienti", le non-ubbidienti per egocentrismo sfrenato e incontenibile, e le non-ubbidienti alla voce del mondo perché più forte dentro di loro parla e le conduce "la voce dell'Essere". Da qui vengono le "innovatrici" e le "perdenti". Coloro che qualunque cammino facciano lo renderanno personale. E coloro che non troveranno mai cammino adatto ai loro passi, e rischieranno di annegare nella propria eccezionalità e differenza, ambedue inutilizzate e devastanti. Qui nessuna è uguale a un'altra, e ognuna di loro lo sa. Questo è il girone di coloro che vivono in opposizione, chi per il puro gusto di non stare nei ranghi e di essere contro, chi perché vive e soffre e fugge le ristrettezze e i limiti dei ranghi definiti e predisposti.

Da quanto sopra emerge un imperativo ineludibile: DIFFIDARE dei soggetti di questo gruppo, e rendere loro la VITA DIFFICILE. È questo l'unico modo per provare l'oro e distinguerlo dal ferro.

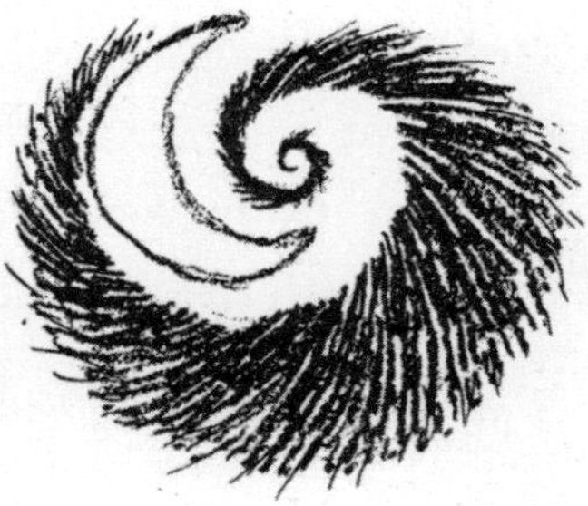

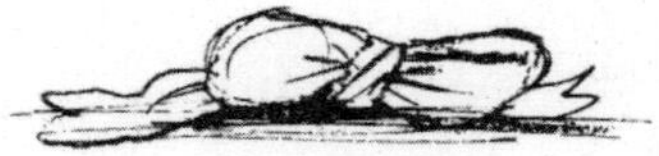

INDICE

Cap. 1 Caterina prima 5
Diario di una strega quasi per bene 13
Cap. 2 Saluti e baci 15
Autunno 26
Inverno 59
Primavera 105
Estate 133
Cap. 3 Caterina dopo 137
Cap. 4 Appendice 149

Christian Antonini
Fuorigioco a Berlino
Illustratrice Daniela Volpari

LETTORI INSTANCABILI
Parole chiave
STORIA
AVVENTURA
AMICIZIA

Pagine 256

Berlino, estate del 1961. Leo e la sua squadra stanno per affrontare la finale che deciderà i vincitori del torneo per il controllo della piazzetta dove tutti i ragazzi della città, che provengano da Ovest o da Est, si ritrovano a giocare. Ma un Muro di fil di ferro e cemento sta per impedire la loro sfida. Leo e i suoi amici però sapranno unirsi e ribellarsi contro chi vuole spezzare i loro sogni. La partita si farà, a tutti i costi.

Colibrì

🍃 IN ERBA

Stefania Fabri
Adesso che sono buono

Anna Sarfatti
Capitombolo sulla Terra

Emanuela Nava
Coccodrilli a colazione

Anna Lavatelli
Tito Stordito

**Loredana Frescura
Marco Tomatis**
Massimo da sistemare

Mario Lodi
Il mistero del cane

🍃 IN GAMBA

Lucia Tumiati
La pace è bella

Luigi Ballerini
L'estate di Nico

Simona Toma
Il signor Francone

Janna Carioli
Giò denti di ferro

Fabiana Camerin
Lilli e le streghe di Cork

Guido Sgardoli
Blatt

🍃 INSTANCABILI

Giusi Quarenghi
Strega come me

Christian Antonini
Fuorigioco a Berlino

Angela Nanetti
Viola dei 100 castelli

Pino Pace
L'ultimo elefante